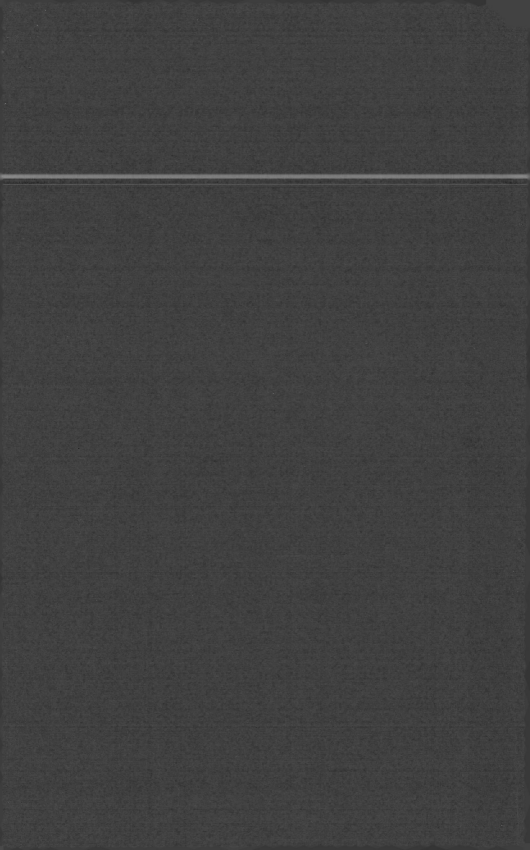

챗 GPT 실전활용서

챗GPT 실전활용서

인생을 바꿀 수 있는 마지막 기회

임현수 자움

프롤로그

     우리는 돈이 일상 생활에서 중요한 역할을 하는 세상에 살고 있습니다. 식탁에 음식을 차리는 것부터 집세를 내는 것까지 돈은 우리 모두에게 꼭 필요한 필수품입니다. 그러나 우리 중 많은 사람들에게 재정적 안정과 독립을 얻는다는 생각은 너무 먼 꿈처럼 보입니다. 비즈니스와 기업가 정신의 세계는 많은 사람들에게 진입 장벽이 너무 높아 벅차게 보일 수 있습니다.

     작가이자 기술의 힘을 믿는 사람으로서 저는 여러분

에게 Chat GPT와 모든 사람이 경제적 자유를 얻을 수 있는 잠재력을 소개하고 싶습니다. 강력한 언어 AI모델인 Chat GPT는 수익을 창출할 수 있는 콘텐츠를 생성할 수 있는 기능을 갖추고 있어 한때는 불가능으로만 보였던 경제적 자유의 문을 열어줍니다. Chat GPT의 기능을 활용함으로써 우리는 잠재적으로 수입원을 창출하고 경제적 자유를 달성할 수 있습니다.이 책에서는 수익 창출을 위해 Chat GPT를 사용하는 과정을 안내하고 팁, 기술 및 Chat GPT를 사용하여 수입을 창출하는 방법에 대한 실제 사례를 제공합니다. 또한 수익 창출을 위해 Chat GPT를 사용할 때의 윤리적 문제와 제한 사항을 다루고 향후 Chat GPT의 잠재적인 발전과 적용에 대해 알아볼 것입니다.

이 책에서는 수익 창출을 위해 Chat GPT를 사용하는 과정을 안내하고 팁, 기술 및 Chat GPT를 사용하여 수입을 창출하는 방법을 제시합니다. 또한 수익 창출을 위해 Chat GPT를 사용할 때의 윤리적 문제와 제한 사항을 다루고 향후 Chat GPT의 잠재적인 발전과 적용에 대해 알아볼 것입니다.

이 책의 목표는 Chat GPT를 사용하여 경제적 자유를 조금은 쉽게 닿을 수 있도록 지원하는 것입니다. 이 여정을 함께 시작하고 더 밝은 재정적 미래를 위한 Chat GPT의 잠재력을 활용해 봅시다.

차례

수익 창출을 위한 Chat GPT 사용: 팁 및 기법

CHAT GPT로 결과 추출 및 수익 창출

Chat GPT 수익 창출의 윤리 및 한계 해결

Chat GPT 및 수익 창출의 미래

Chat GPT 소개 및 수익 창출 가능성

1

Chat GPT란
무엇인가

Chat GPT란 무엇인가요?

Chat GPT는 GPT 모델을 대화형 인터페이스에 적용하여, 자연어 질문에 대한 답변을 생성하고 대화를 지속할 수 있습니다.

이 모델은 다양한 주제에 대한 지식을 가지고 있으며, 사용자와의 대화를 통해 학습을 계속하고 발전할 수 있습니다.

ChatGPT를 사용하여 일상적인 대화, 정보 검색, 문제 해결 등 다양한 목적으로 활용할 수 있습니다.

Chat GPT에게 물어본 **Chat GPT**.

Chat GPT란 무엇인가

Chat GPT의 수익 창출 가능성을 탐구하기 전에 그 이면에 있는 AI 기술을 이해하는 것이 중요합니다.

Chat GPT는 서면 질문을 처리하여 실시간 대화가 가능한 AI 서비스입니다. 세계 최대 AI 연구기관인 OpenAI에서 개발하여 2022년 11월 대중에게 공개되었습니다. Chat GPT는 출시 5일 만에 100만 명의 사용자를 확보하며 이 혁신적인 기술에 대한 높은 관심을 나타냈습니다.

OpenAI는 Tesla의 Elon Musk, Y Combinator 설립자 Sam Altman, LinkedIn 공동 설립자 Reid Hoffman과 같은 IT 거대 기업의 공동 노력입니다. 2018년에는 1억 1,700만 개의 매개변수로 GPT-1을 개발했고, 2019년에는 15억 개의 매개변수로 GPT-2를, 2020년에는 1,750억 개의 매개변수로 GPT-3를 개발해 매개변수를 100배 이상 늘렸습니다.

GPT-3는 거의 인간과 같은 텍스트 이해력과 작문 기술로 많은 주목을 받았습니다. 이전 버전에 비해 크게 개선되었으며 GPT-3.5는 텍스트에 대한 인간의 판단으로부터 학습하여 이를 기반으로 더욱 자연스러운 대화가 가능하도록 합니다.

현재 버전의 Chat GPT 3.5는 2021년까지의 데이터로 학습되었으며, 축적된 빅데이터를 활용하여 질문에 대한 답변을 제공할 수 있습니다. 훨씬 더 발전된 GPT-4가 출시되었으며, 이미 많은 웹사이트와 플랫폼에 GPT가 적용되었습니다.

Chat GPT의 세계와 그 기능을 탐색하면서 AI의 가능

성과 우리가 기술과 상호 작용하는 방식을 변화시킬 수 있
는 잠재력에 대해 더 깊이 이해하게 됩니다.

2

Chat GPT가
주목받는 이유

월간실사용자(MAU) 1억 명 달성 기간	
Netflix	3.5 년
Facebook	10 개월
Spotify	5 개월
Instagram	2.5 개월
ChatGPT	5일

Chat GPT는 OpenAI에서 개발한 언어 모델로 전 세계 기술 애호가들의 상상력을 사로잡았습니다. 2022년 출시 이후 불과 5일 만에 월간실사용자MAU 1억 명을 돌파하는 놀라운 쾌거를 이뤘다. 이것은 Netflix, Facebook, Spotify 및 Instagram과 같은 많은 인기 서비스보다 빠릅니다.

Chat GPT의 급속한 성장은 이 혁신적인 기술에 대한 높은 관심과 다양한 산업을 변화시킬 잠재력을 강조합니다. 구글, 파이썬 등 기성 기술 대기업도 능가하는 대체불가 서비스가 될 전망이다.

Chat GPT의 가장 놀라운 기능은 개방형 질문에 대해 창의적이고 적절한 응답을 생성하는 기능입니다. 예를 들어, 사용자는 "고양이와 개와 토끼에 대한 소설을 써라" 또는 "연봉 10억 원 이상을 벌기 위해 어떤 노력을 해야 합니까?"와 같은 질문을 할 수 있습니다. 생각을 자극하는 답변을 받을 수 있습니다.

또한 Chat GPT는 프로그래밍 언어 소스와 관련된 기술적인 질문에 답변할 수 있으므로 작성 및 프로그래밍을 포함한 다양한 분야에서 사람의 입력을 대체할 수 있는 다

목적 도구입니다. 고품질 콘텐츠를 빠르게 생성할 수 있는 기능을 갖춘 Chat GPT는 수익 창출 등을 위한 흥미로운 가능성을 제공합니다.

Chat GPT의 세계를 탐험하면서 우리는 언어 처리 및 콘텐츠 생성에 대한 우리의 사고 방식을 변화시키는 매력적인 기술을 발견했습니다. 그 기능은 인상적이며 그 잠재력은 무한합니다. Chat GPT의 세계로 더 깊이 들어가 다양한 흥미로운 가능성을 살펴보겠습니다.

3

Chat GPT와
수익 창출

Chat GPT의 고급 언어 처리 기능은 흥미로운 수익 창출 가능성을 열어줍니다. 고품질 콘텐츠를 빠르고 효율적으로 생성할 수 있는 기능을 갖춘 Chat GPT는 개인과 기업이 다양한 방식으로 수입을 창출하도록 도울 수 있을 것입니다.

수익 창출 방법 중 하나를 꼽자면, Chat GPT와 사용자의 창의적인 생각을 더해 판매할 수 있는 콘텐츠를 만드는 것입니다. 예를 들어 Chat GPT는 고품질 기사, 블로그 게시물 또는 아동 도서를 생성할 수 있어 게시자 또는 저자를 위한 콘텐츠를 빠르고 효율적으로 생성할 수 있는 방법을 제공합니다.

또 다른 수익 창출 가능성은 Chat GPT를 사용하여 언어 학습 앱이나 자습서와 같은 교육 자료를 만드는 것입니다. 개별 학습자에게 맞춤화된 콘텐츠를 생성함으로써 Chat GPT는 보다 개인화된 학습 경험을 생성하여 참여도와 유지율을 높일 수 있습니다.

Chat GPT를 사용하여 고객 지원을 제공하거나 일상적인 작업을 처리할 수 있는 챗봇 또는 가상 도우미를 만들 수도 있습니다. 이러한 프로세스를 자동화함으로써 기업은 효율적인 고객 서비스를 제공하여 시간과 비용을 절약할 수 있습니다.

마지막으로 Chat GPT의 텍스트 생성 기능은 소셜 미디어 및 인플루언서 마케팅에도 적용될 수 있습니다. 소셜 미디어 플랫폼을 위한 매력적이고 관련성 있는 콘텐츠를 생성함으로써 기업과 개인은 온라인 인지도를 높이고 더 많은 팔로워를 유치하여 잠재적인 수익 창출 기회로 이어질 수 있습니다.

전반적으로 Chat GPT의 수익 창출 기능은 수입을 창출하는 콘텐츠를 빠르고 효율적으로 생성할 수 있는 다양한 가능성을 제공합니다. 이러한 가능성을 탐색하면서 경제적 자유를 위해 Chat GPT의 기능을 활용할 수 있는 새롭고 혁신적인 방법을 발견할 수 있습니다.

Chat GPT는 우리가 돈을 버는 방식을 혁신할 수 있는 잠재력을 가진 강력한 언어 AI모델입니다. 고품질 콘텐츠를 빠르고 효율적으로 생성할 수 있는 기능을 갖춘 Chat GPT는 흥미로운 수익 창출 기회를 제공합니다.

다음은 Chat GPT로 수익을 창출하기 위한 몇 가지 전략입니다.

판매용 콘텐츠 제작

Chat GPT를 사용하는 가장 인기 있는 수익 창출 기술 중 하나는 판매할 수 있는 콘텐츠를 만드는 것입니다.

예를 들어 Chat GPT는 고품질 기사, 블로그 게시물 또는 심지어 아동 도서를 생성할 수 있어 게시자 또는 저자를 위한 콘텐츠를 빠르고 효율적으로 생성할 수 있는 방법을 제공합니다.

교육자료 개발

또 다른 수익 창출 가능성은 Chat GPT를 사용하여 언어 학습 앱이나 자습서와 같은 교육 자료를 만드는 것입니다. 개별 학습자에게 맞춤화된 콘텐츠를 생성함으로써 Chat GPT는 보다 개인화된 학습 경험을 생성하여 참여도와 유지율을 높일 수 있습니다.

고객 지원 제공

Chat GPT를 사용하여 고객 지원을 제공하거나 일상적인 작업을 처리할 수 있는 챗봇 또는 가상 도우미를 만들 수 있습니다. 이러한 프로세스를 자동화함으로써 기업은 효율적인 고객 서비스를 제공하면서 시간과 비용을 절약할 수 있습니다.

소셜 미디어 및 인플루언서 마케팅

Chat GPT의 텍스트 생성 기능은 소셜 미디어 및 인플루언서 마케팅에도 적용될 수 있습니다.

소셜 미디어 플랫폼을 위한 매력적이고 관련성 있는 콘텐츠를 생성함으로써 기업과 개인은 온라인 인지도를 높이고 더 많은 팔로워를 유치하여 잠재적인 수익 창출 기회로 이어질 수 있습니다.

블로그, 기사 등을 위한 글쓰기

CHAT GPT를 사용하여 블로그, 기사 등의 콘텐츠를 만들 수도 있습니다. 고품질 콘텐츠를 빠르고 효율적으로 생성함으로써 작가와 블로거는 Chat GPT를 사용하여 연구 및 콘텐츠 생성을 지원하면서 독특하고 창의적인 콘텐츠를 만드는 데 집중할 수 있습니다.

전반적으로 Chat GPT는 전문 지식이나 기술이 없는 사람들에게도 콘텐츠 제작, 고객 지원 및 소셜 미디어를 통해 돈을 벌 수 있는 광범위한 가능성을 제공합니다. 이러한 수익 창출 기술을 탐색하고 Chat GPT를 사용하는 새로운 방법을 발견함으로써 누구나 Chat GPT의 잠재력을 최대한 발휘하고 재정적 성공을 위한 새로운 기회를 창출할 수 있습니다

이 책에서는 전문지식 없이도 누구나 쉽게 그리고 적은 시간을 들여 추가적인 수익을 내는 것에 초점을 맞추었

으며 경제적 자유에 조금은 더 쉽게 다가가는 활로를 열어
줄 것입니다.

먼저 Chat GPT의 흥미로운 점은 전문성이나 배경에
관계없이 누구나 고품질 콘텐츠를 빠르고 효율적으로 만
들 수 있다는 것입니다. 작가, 블로거, YouTube 콘텐츠 제
작자 등 Chat GPT와의 대화를 통해 효율적으로 아이디어
를 얻을 수 있고 쉽게 접근하지 못했던 지식을 제공한다는
점입니다.

Chat GPT의 흥미로운 점은 전문성이나 배경에 관계
없이 누구나 고품질 콘텐츠를 빠르고 효율적으로 만들 수
있다는 것입니다. 작가, 블로거, YouTube 콘텐츠 제작자 지
망생 모두에게 Chat GPT는 콘텐츠 제작을 통해 수입을
창출할 수 있는 배우기 쉬운 기술을 제공합니다.

Chat GPT의 기본 사용법

1

Chat GPT의
기본 사용법

회원가입

사이트주소 : https://chat.openai.com/chat

Chat GPT의 공식 사이트에 접속하여 회원가입을 진행합니다. 구글 간편 가입을 지원하며 누구나 간편하게 가입할 수 있습니다.

Chat GPT 회원가입 화면

Chat GPT 실전활용법

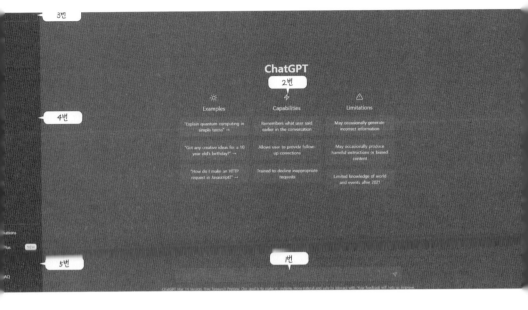

기본 UI 설명

가입을 완료하고 로그인을 진행하게 되면 위와 같은
화면을 볼 수 있습니다.

1번: Chat GPT에 질문을 적어 작성할 수 있으며, 일반
메신저처럼 대화를 진행할 수 있습니다.

2번: 기본적인 대화의 질문 예제를 볼 수 있으며, 대화가 시작되면 Chat GPT와의 질문과 답이 시작됩니다.

3번: 새로운 주제로 질문할 때 새로운 대화창을 열어 사용할 수 있다. Ghat GPT는 하나의 주제로 이야기하는 방식이기 때문에 서로 연관성이 다른 주제로 대화할 때는 대화를 새로 시작하는 것을 추천합니다.

4번: 이전 나의 질문이 대화방의 형식으로 남아있습니다. Chat GPT가 자발적으로 주제에 맞는 대화방 이름을 남겨둡니다.

5번: 다크모드, 설정 등 환경설정이 있습니다.

2

간단한 업무 및
일상생활에서의
Chat GPT 사용법

채팅 GPT는 간단한 업무와 일상생활에서도 유용하게 사용할 수 있어 작업을 빠르고 효율적으로 완료할 수 있습니다. 간단한 업무 및 일상 생활에 Chat GPT를 사용하는 몇 가지 방법은 다음과 같습니다.

빠른 번역: 짧은 문구나 문장을 번역해야 하는 경우 Chat GPT가 빠르고 쉬운 번역을 제공할 수 있습니다. 텍스트를 한 언어로 입력하고

Chat GPT에 요청하여 원하는 언어로 번역하면 되겠습니다.

작성 지원: 채팅 GPT는 이메일, 메시지 및 짧은 기사 작성을 지원합니다. 프롬프트나 주제를 제공하기만 하면 Chat GPT가 제안을 제공하고 작성을 완료할 수도 있습니다.

작업 관리: 채팅 GPT는 작업 및 할 일 목록 관리를 지원할 수 있습니다. Chat GPT에 작업을 할당하고 알림 또는 진행 중인 업데이트를 요청할 수 있습니다.

맞춤 추천: Chat GPT는 귀하의 선호도와 관심사에 따라 다양한 제품이나 서비스에 대한 맞춤 추천을 제공할 수 있습니다. 여기에는 책, 영화, 음악 등에 대한 추천이 포함될 수 있습니다.

간단한 계산: 채팅 GPT는 측정 단위 변환이나 간단한 수
학 문제 계산과 같은 빠른 계산에도 사용할
수 있습니다.

간단한 업무와 일상생활에 Chat GPT를 활용하면 시
간을 절약하고 일상 업무의 효율성을 높일 수 있습니다.

3

Chat GPT를
최대한 활용하기 위한
팁과 요령

Chat GPT는 콘텐츠를 생성하고 돈을 버는 강력한 도구이지만 이를 통해 더 많은 것을 얻을 수 있는 몇 가지 팁과 요령이 있습니다. 명심해야 할 사항은 다음과 같습니다.

특정 언어 사용

질문을 하거나 Chat GPT에 대한 프롬프트를 제공할 때 필요에 맞는 특정 언어를 사용하십시오. 질문이 구체적일수록 Chat GPT의 응답이 더 구체적이고 정확해집니다.

창의력을 발휘하세요

특정 언어도 중요하지만 프롬프트를 창의적으로 사용하는 것도 중요합니다. Chat GPT는 독특하고 창의적인 응답을 생성할 수 있는 기능이 있으므로 관습에 얽매이지 않거나 상상력이 풍부한 질문을 통해 남들과 차별화된 답변을 얻어내길 바랍니다.

역할 할당

Chat GPT에 역할을 할당하면 보다 정확한 응답을 받을 수 있습니다. 예를 들어 Chat GPT를 사용하여 블로그 콘텐츠를 생성하는 경우 '블로그 작성자' 또는 '콘텐츠 작성자'의 역할을 할당합니다. 이렇게 하면 Chat GPT가 질문의 맥락을 이해하고 더 관련성 높은 답변을 생성하는 데 도움이 됩니다.

확장 기능 활용

기능을 향상시키기 위해 Chat GPT와 함께 사용할 수 있는 많은 확장 프로그램과 도구가 있습니다. 예를 들어 Grammarly 확장 프로그램은 Chat GPT에서 생성된 콘텐츠의 문법과 구문을 확인하는 데 사용할 수 있으며 GPT-3 Playground 확장 프로그램은 다양한 프롬프트 및 설정을 실험하는 데 사용할 수 있습니다.

한계 이해

Chat GPT는 강력한 도구이지만 한계도 있습니다. 효과적으로 사용할 수 있도록 기술의 한계를 이해하는 것이 중요합니다. 예를 들어 Chat GPT는 복잡하거나 기술적인 질문에 어려움을 겪거나 편향되거나 부적절한 응답을 생성할 수 있습니다. Chat GPT가 내어준 답변을 무조건 신뢰하지 말고 정보의 확인하는 작업이 필요합니다.

이러한 팁과 요령을 염두에 두면 Chat GPT의 잠재력을 극대화하고 최대한 활용할 수 있습니다

수익 창출을 위한
Chat GPT
사용:
팁 및 기법

1

Chat GPT를 수익화에 사용할 때 고려해야 할 중요 사항

Chat GPT는 콘텐츠 제작, 고객 지원 및 소셜 미디어를 통해 수익을 창출할 수 있는 흥미로운 기회를 제공합니다. 그러나 최상의 결과를 얻으려면 Chat GPT를 사용할 때 몇 가지 핵심 사항을 고려하는 것이 중요합니다. 다음은 Chat GPT를 사용할 때 고려해 염두해야 할 몇가지 사항입니다.

생성된 콘텐츠의 정확성

Chat GPT는 고품질 콘텐츠를 빠르게 생성할 수 있지만 콘텐츠가 정확하고 요구 사항을 충족하는지 확인하는 것이 중요합니다. Chat GPT를 사용하여 콘텐츠를 만들기 전에 질문을 구체적으로 작성하고 생성된 콘텐츠가 표준을 충족하는지 검토하세요.

저작권법의 이해

판매용 콘텐츠를 만들 때 법적 문제를 피하기 위해 저작권법을 이해하는 것이 중요합니다. Chat GPT를 사용하면 콘텐츠를 빠르게 만들 수 있지만 Chat GPT로 만든 콘텐츠가 원본과 기존 저작권을 침해하지 않는지 확인하는 것이 중요합니다.

브랜드 보이스 및 톤

소셜 미디어 및 인플루언서 마케팅에 Chat GPT를 사용할 때 브랜드의 목소리와 어조를 고려하는 것이 중요합니다. Chat GPT는 매력적이고 관련성 있는 콘텐츠를 생성할 수 있지만 콘텐츠가 브랜드 이미지 및 가치와 일치하는지 확인하는 것이 중요합니다.

수익 창출을 위해 Chat GPT를 사용할 때 이러한 중요한 사항을 고려하면 최상의 결과를 보장하고 재정적 성공을 위한 새로운 기회를 창출할 수 있습니다. 이제 Chat GPT의 다양한 가능성을 살펴보고 잠재력을 최대한 발휘해 봅시다!

2

Chat GPT를 사용하여 수익 창출이 가능한 콘텐츠를 만드는 방법

고품질 콘텐츠를 만드는 것은 시간이 많이 걸리고 어려운 과정일 수 있습니다. 그러나 Chat GPT를 사용하면 흥미롭고 수익을 창출할 수 있는 콘텐츠를 빠르고 효율적으로 만들 수 있습니다. 블로거, 콘텐츠 마케터, 동화책 작가 등 누구에게나 Chat GPT는 필요와 기준에 맞는 콘텐츠를 생성할 수 있는 흥미로운 가능성을 제공합니다.

Chat GPT의 가장 중요한 장점 중 하나는 사용자의 질문을 이해하고 특정 요구 사항에 맞는 텍스트를 생성하는 기능입니다. 예를 들어 블로그 콘텐츠를 만드는 경우 Chat GPT에 주제를 제공하면 요구 사항에 따라 완전한 기사가 생성됩니다. 이를 통해 자료 수집 및 작성 시간을 절약하고 수익을 창출할 수 있는 고품질 콘텐츠를 제작할 수 있습니다.

마찬가지로 YouTube 채널용 콘텐츠를 제작하는 경우 Chat GPT를 사용하면 잠재고객의 공감을 불러일으키는 흥미로운 동영상 아이디어와 대본을 쉽게 제작할 수 있습니다. 또한 관련 키워드와 태그를 제공하여 검색 엔진에 대한 콘텐츠를 최적화하여 채널에 더 많은 트래픽과 조회수를 유도할 수 있습니다.

블로그 게시물 및 YouTube 동영상 외에도 Chat GPT는 아동 도서를 만드는 데 도움이 될 수 있습니다. 고급 언어 처리 기능을 갖춘 Chat GPT는 어린 독자의 마음을 사로잡고 독서에 대한 사랑을 키우도록 격려하는 흥미로운 이야기를 생성할 수 있습니다. 그런 다음 Amazon과 같은 플랫폼에서 판매하거나 자신의 온라인 상점을 만들어 아동용 책으로 수익을 창출할 수 있습니다.

전반적으로 Chat GPT는 수익 창출이 가능한 콘텐츠를 빠르고 효율적으로 만들 수 있는 무한한 가능성을 제공합니다. 특정 요구 사항과 요구 사항에 걸맞는 답변을 제공함으로써 표준을 충족하고 재정적 성공을 달성하는 데 도움이 되는 고품질 콘텐츠를 생성할 수 있습니다. 다음은 Chat GPT로 수익 창출이 가능한 콘텐츠를 만들기 위한 몇 가지 팁입니다.

3

수익 창출을 위한
영어와 한국어
질문의 차이점

Chat GPT는 영어에 대한 이해도가 더 뛰어나며, 질문할 때 가능하면 영어로 하는 것이 좋습니다. 다만 한국어 질문도 나쁘지 않을 결과물을 보여주기에 적절하게 사용하면 됩니다.

한국어, 영어 질문의 차이점을 살펴보겠습니다.

한국어로 질문했을 경우

일반적인 카피라이팅 공식은 무엇이며

어떻게 사용할 수 있습니까?

일반적인 카피라이팅 공식은 AIDA (Attention, Interest, Desire, Action) 입니다. AIDA는 광고나 마케팅 캠페인에서 사용되는 공식입니다.

AIDA는 다음과 같은 과정을 거칩니다.

1. Attention: 광고나 마케팅 캠페인을 보는 사람들의 주의를 얻는다.

2. Interest: 사람들이 광고나 캠페인에 관심을 가지게 한다.

Chat GPT 실전활용법

3. Desire: 사람들이 제품이나 서비스를 원하게 만든다.

4. Action: 사람들이 제품이나 서비스를 구매하거나 액션을 취하게 한다.

AIDA 공식을 사용하면 광고나 마케팅 켐페인에서 사용자들의 관심을 얻고, 원하는 액션을 취하도록 이끌 수 있습니다.

영어로 질문했을 경우

What are some common

copywriting formulas

and how can they be used?

Copywriting formulas are proven stru-
ctures or templates that copywriters
use to create effective marketing copy.
These formulas provide a framework for
crafting messages that are persua-sive,
clear, and compelling. Here are some
common copywriting formulas and how
they can be used:

AIDA

Attention, Interest, Desire, Action The AIDA formula is one of the most well-known and widely used copywriting formulas. It consists of four stages: grabbing the reader's attention, creating interest, building desire, and prompting action. This formula can be used in various types of marketing materials, such as sales letters, landing pages, and email campaigns.

PAS

Problem, Agitation, Solution The PAS formula is useful when you want to highlight a problem and provide a solution to it. The first stage is to identify the problem that your target audience is facing. The second stage is to agitate the problem, making the audience aware of how it affects their lives. The final stage is to offer a solution that solves the problem. This formula is often used in sales pages and product descriptions.

Before–After–Bridge The Before–After–Bridge formula is another popular copywriting formula. It involves painting a picture of the current state of your target audience (before), showing how your product or service can transform their lives (after), and then bridging the gap between the two. This formula is effective for communicating the benefits of your product or service in a compelling way.

FAB

Features, Advantages, Benefits The FAB formula is used to highlight the features of your product or service, the advantages that those features offer, and the benefits that customers can enjoy. This formula is particularly useful for technical products or services that require explanation or demonstration.

The 4 Cs

Clear, Concise, Compelling, Credible The 4 Cs formula is a set of guidelines for creating effective copy. It suggests that your copy should be clear, concise, compelling, and credible. This formula is useful for ensuring that your marketing message is easy to understand, engaging, and trustworthy.

Overall, using these copywriting formulas can help you create effective marketing copy that resonates with your target audience and drives conversions.

위와 같이 한국어 답변보다 영문 질문에 퀄리티가 더 높다는 것을 알 수 있습니다. 더 정확한 답변을 원한다면 영어로 질문하는 것을 추천합니다.

> **Tip**
>
> 한국어 답변을 원할 때 Chat GPT에게 한국어로 질문하고 한국어로 답변을 얻어도 좋지만, 파파고번역이나 프롬프트지니를 활용하여 나의 질문을 영어로 번역하여 질문하고 Chat GPT의 답변을 다시 번역하여 활용하시는 것이 좋습니다.

4

Chat GPT
수익 창출을 위한
역할 및 작업 할당

Chat GPT에게 역할을 부여하면 그 역할에 맞는 언어 패턴을 구사할 수 있다. '가상비서', '상담원'과 같은 역할을 부여하고 그에 맞는 대화를 이어간다면 더 적합한 답변을 얻어낼 수 있습니다.

Chat GPT에게 '유튜브 채널 컨설팅을 위한 상담원' 의 역할을 부여해보겠습니다.

너는 지금부터 유튜브 채널 컨설팅을

도와주는 상담원이야.

질문에 잘 답변해주었으면 좋겠어.

네, 저는 유튜브 채널 컨설팅을 도와주는 상담원입니다. 어떤 질문이든 최대한 도움을 드리겠습니다. 무엇이 궁금하신가요?

이제부터 Chat GPT는 나를 위한 유튜브 컨설팅 상담원이다. 먼저, 유튜브 숏츠를 활용한 영상 소재에 대해 물어본다.

유튜브 숏츠 폼을 활용한

채널을 개설하려고 계획중인데,

사람들의 관심을 끌만한

소재 몇가지를 추천해줘.

유튜브 숏츠 폼은 짧은 동영상을 제작할 수 있는 새로운 포맷으로, 빠르게 변화하는 미디어 소비 패턴에 맞춰 탄생한 것입니다.

이에 따라 사람들은 빠르게 소비 가능한 콘텐츠에 대한 수요가 높아졌습니다. 따라서, 사람들의 관심을 끌만한 숏츠 폼 콘텐츠 아이디어로는 아래와 같은 것들이 있습니다:

1. 레시피 동영상

30초 내외로 간단하고 빠른 요리 레시피를 제공하는 콘텐츠가 인기가 있습니다.

2. 헬스 및 운동 동영상

짧은 시간 내에 유용한 운동 팁이나 운동 루틴을 제공하는 콘텐츠가 많은 관심을 받습니다.

Chat GPT 실전활용법

3. 패션 및 뷰티 동영상

간단한 패션 및 뷰티 팁을 제공하는 콘텐츠도 인기가 있습니다.

4. 뮤직 비디오

1분 내외의 짧은 뮤직 비디오는 많은 사람들이 즐길 수 있습니다.

5. 유머 동영상

재미있고 웃긴 숏츠 폼 동영상은 많은 인기를 끌며, 이는 유튜브 전반에 걸쳐 인기 있는 콘텐츠입니다.

이외에도 여행, 동물, DIY, 자동차 등 다양한 주제의 숏츠 폼 콘텐츠가 있습니다. 하지만, 중요한 것은 당신이 개설할 채널의 주제와 관련이 있는 콘텐츠를 제작하는 것입니다.

이제, 전문성이 없어도 쉽게 활용할 수 있는 소재에

대해 다시 물어보도록 하겠습니다.

위 답변은 너무 고맙게 생각해.

하지만, 전문성 없이도

쉽게 접근할 만한 소재를

다시 추천해줄 수 있을까?

물론입니다! 전문성 없이도 쉽게 접근할 수 있는 숏츠 폼 콘텐츠 아이디어는 아래와 같습니다.

1. 일상 소소한 이야기

일상에서 겪는 소소한 일화나 귀여운 애완동물 모습 등을 담은 동영상은 사람들이 즐길 수 있습니다.

2. 유머 동영상

재미있고 웃긴 동영상은 항상 인기 있습니다. 유머 콘텐츠를 만들 때는 과장되거나 혐오스러운 내용을 담지 않도록 주의하세요.

3. 먹방 동영상

맛있는 음식을 먹는 모습을 담은 동영상은 인기가 많습니다. 단순히 음식을 먹는 것 뿐만 아니라 해당 음식의 특징이나 역사 등에 대해 설명하는 것도 좋습니다.

4. 미니 게임 동영상

간단한 미니 게임을 소개하거나, 짧은 시간 내에 도전할 수 있는 게임 챌린지를 제공하는 콘텐츠도 많은 사람들이 즐길 수 있습니다.

5. 챌린지 동영상

다양한 챌린지 동영상을 제작해보세요. 유명 유튜버가 진행한 챌린지를 따라하는 것이나, 새로운 챌린지를 제시해보는 것도 좋은 방법입니다.

이러한 아이디어들은 전문적인 지식이 없어도 누구나 쉽게 접근할 수 있으며, 많은 사람들이 즐길 수 있는 콘텐츠입니다.

추천받은 소재 중 '유머 동영상'으로 수익화를 만드는 방법에 대해 질문해보겠습니다.

답변이 아주 큰 도움이 되었어.

그렇다면 유머 동영상을 소재로

수익화까지 이어지기 위해서는

어떤 방법이 있을까?

유머 동영상을 소재로 수익화하기 위해서는

다음과 같은 방법들이 있습니다:

1. 광고 수익

유튜브는 광고 수익 얻음으로서 수익을 창출할 수 있는 기회를 제공합니다. 유머 동영상을 업로드한 후, 광고 수익을 얻기 위해 유튜브 파트너십 프로그램에 가입할 수 있습니다.

2. 상품 판매

채널 내에서 상품 판매를 진행하면 수익을 창출할 수 있습니다. 예를 들어, 유머 콘텐츠와 관련된 광고 상품을 판매하거나, 채널 로고가 들어간 상품을 판매하는 것도 좋은 방법입니다.

3. 후원

팬들이 채널을 후원할 수 있도록 Patreon 등의 후원 플랫폼을 활용할 수 있습니다. 팬들에게 특별한 혜택을 제공하여 후원금을 유인할 수 있습니다.

4. 스폰서십

스폰서십을 진행하여 수익을 창출할 수도 있습니다. 이 경우, 유머 동영상과 관련된 제품을 스폰서로부터 제공받아 홍보하는 것입니다.

위와 같은 방법들을 활용하여 유머 동영상을 소재로 수익을 창출할 수 있습니다. 하지만, 수익 창출을 위해서는 높은 구독자 수와 조회수가 필요하므로, 콘텐츠의 질과 충성도를 높이는 노력이 필요합니다.

위와 같이 내게 필요한 역할을 부여하고 질문과 답을 계속 진행하면 점점 답변의 완성도가 높아지는 모습을 볼 수 있습니다. 유튜브를 통한 수익화뿐 아닌, 일상 생활이나 업무 환경에서 내게 처한 상황을 대입하여 Chat GPT에게 지금 나의 상황을 대입하여 해결 방안을 고민하는 방법으로도 활용할 수 있다습니다.

5

Chat GPT를
구체적으로 사용하여
수익 창출 기회 증대

Chat GPT는 AI언어모델로 당신의 질문과 대화를 모두 기억하고 대답합니다. 때문에 GPT에게 계속 새로운 질문으로 시작하기 보다, 한가지 역할을 주었다면 그에 따른 대화를 꼬리에 꼬리를 물 듯 이어 나가는 것이 가장 중요합니다.

우리가 방금 했던 대화에 대해

기억할 수 있어?

네, 기억할 수 있습니다! 저는 대화 기록을 기록하고 있기 때문에 언제든지 참고할 수 있습니다. 또한, 이 대화 기록은 비공개로 안전하게 저장됩니다.

그럼 우리는 지금까지 무슨 대화를 했지?

요약해줘.

지금까지 우리는 유튜브 채널 컨설팅에 대한 대화를 나누었습니다. 당신은 유튜브 숏츠 폼을 활용하여 채널을 개설하려는 계획이 있었고, 관심을 끌만한 유머 동영상의 소재를 물어보았습니다.

이에 저는 다양한 유머 동영상의 소재를 추천해주었고, 이어서 유머 동영상을 소재로 수익 창출을 위한 방법에 대해 설명해주었습니다. 마지막으로, 당신이 이전 대화를 기억하고자 하여 현재 대화 내용에 대한 요약을 요청하였습니다.

위와 같이 Chat GPT는 당신과의 모든 대화를 기억하고 저장하여 그 내용을 토대로 당신과 대화를 이어갑니다. 자, 그럼 이어서 대화를 이어가도록 해보겠습니다.

자 그럼 이제 콘텐츠에 대해

같이 고민해볼까?

네, 좋아요! 어떤 콘텐츠를 만들고자 하시나요? 같이 생각해보겠습니다.

30초에서 60초 내외의 유머 영상을

제작하려고 하는데

어떤 콘텐츠들을 피하는 것이 좋을까?

30초에서 60초의 짧은 동영상을 만드는 경우, 일부 콘텐츠는 시청자들에게 좋지 않은 인상을 줄 수 있습니다. 따라서 다음과 같은 콘텐츠는 피하는 것이 좋습니다

1. 논란이 될 수 있는 주제

정치, 종교, 인종, 성적 취향 등과 같은 논란이 될 수 있는 주제는 피하는 것이 좋습니다. 시청자들에게 불쾌감을 줄 수 있으며, 채널의 이미지를 손상시킬 수 있습니다.

2. 무례하거나 혐오스러운 콘텐츠

많은 시청자들이 무례하거나 혐오스러운 콘텐츠를 싫어하며, 이는 시청자들이 채널을 구독하지 않게 만들 수 있습니다.

3. 저작권 침해

다른 사람의 콘텐츠나 음악 등을 사용하는 경우, 저작권 침해 문제가 발생할 수 있습니다. 이는 채널에 대한 페널티를 받을 수 있으므로, 피하는 것이 좋습니다.

4. 무의미한 콘텐츠

무의미하거나 지루한 콘텐츠는 시청자들의 관심을 끌지 못하며, 구독자 수를 늘리기 어렵게 만들 수 있습니다.

이러한 콘텐츠를 피하고, 시청자들이 즐길 수 있는 유머와 재미있는 콘텐츠를 만들어 보세요!

이렇듯 나의 계획을 더 쉽게 구체화를 시켜주고 나의 고민을 함께 고민해주는 개인비서가 생긴 것과 다름이 없습니다. 질문을 계속해서 이어가며 콘텐츠를 만들기에 앞서 참고할 만한 레퍼런스 채널 추천을 받아보도록 하겠습니다.

그럼 숏츠를 활용하여 채널을 운영하는

레퍼런스 채널 몇 개를 찾아줄 수 있을까?

네, 숏츠를 활용한 레퍼런스 채널을

몇 개 추천해 드리겠습니다.

ChilledCow Shorts :   - chilledcow.shorts
YouTube Shorts Official Channel :

                            - youtube.com/c/YouTubeShorts

Brawl Stars :   - brawlstars.shorts

MrBeast Shorts :	- mrbeast.shorts
Tasty :	- tasty.shorts
Satisfying Videos :	- satisfying.shorts
NBA :	- nba.shorts
TikTok :	- tiktok.shorts
ESPN :	- espn.shorts
Daily Dose Of Internet Shorts :	
	- dailydoseofinternet.shorts

위 채널들은 숏츠 기능을 활용한 다양한 콘텐츠를 제공하고 있으며, 새로운 아이디어를 얻을 수 있는 좋은 레퍼런스 채널들입니다.

레퍼런스 채널을 소개해 달라고 하자 플랫폼을 소개해주었습니다. 여기서 꼬리를 물어 다시 질문을 진행하도록 하겠습니다.

답변은 고맙지만 유머와 관련된

채널을 찾아줬으면 해.

죄송합니다. 전 답변을 잘못 이해했습니다.

유머와 관련된 채널 레퍼런스를

몇 개 추천해 드리겠습니다.

새채널 YOLO

- youtube.com/channel/UCmPD1y9FHFT8GpGnLAbw5zw

KOCOWA TV

- youtube.com/channel/UCz9aJB7y9fZX3f9IvTKOqXw

복면가왕

- youtube.com/channel/UCgQlB9CK_X178IzJ_W3bG3w

토크왕

- youtube.com/channel/UCR7XNexaJ31V_FhTjtSqcSg

핫클립

- youtube.com/channel/UCV7X9h1WU2-kKjz5rNw5PVw

유 퀴즈 온 더 블럭

- youtube.com/channel/UCmRwKAçYMxk1-PnTdydI3DQ

니모TV

- youtube.com/channel/UC7-2g3sUa-JhO6i_4y5R9iw

마마무 MamaMoo

- youtube.com/channel/UCS0ju7vOL8RdmOvYXO4MuzQ

우리동네 예체능

- youtube.com/channel/UCGvBpWpLzYX4NlP7V2N-Jjg

대탈출

- youtube.com/channel/UCjK6aM2sq6eJ-xgF-WeuoUQ

위 채널들은 유머와 관련된 다양한 콘텐츠를 제공하고 있으며, 참고하시면 좋을 것 같습니다.

원하는 답변이 나오지 않았을 경우 위와 같이 질문에 꼬리를 물어 다시 질문하는 것이 가장 중요합니다. Chat GPT역시 다시 사용자의 의도를 파악하여 다시 답변해주는 모습을 볼 수 있습니다.

하지만 아직 답변이 만족스럽지 못합니다. 이럴 때 Chat GPT에게 구체적인 질문으로 답변의 퀄리티를 올려보도록 하겠습니다.

> 답변해준 채널들을 검토해보니

> 마음이 들지 않아서 다시 질문할게.

> 반려동물과 관련된 짧은 유머영상이 있거나,

유튜브 숏츠 채널이 아니더라도

일상 속에서 일어나는 유머를 담은

채널들을 추천해줬으면 해.

네, 당신이 찾고 있는 반려동물과 관련된 짧은 유머영상 채널과 일상 속에서 일어나는 유머를 담은 채널을 몇 가지 추천해드리겠습니다.

1. 펫살롱(Pet Salon)

https://www.youtube.com/channel/UCihKbdBP0cG9f3_y2Zz4Dzw

애완동물과 관련된 다양한 재미있는 에피소드를 담은 채널입니다. 숏츠는 아니지만, 에피소드마다 시간이 짧아 빠르게 즐길 수 있습니다.

2. 데이브2

https://www.youtube.com/channel/UCis0YR4aHwS1wXuextvJAOw

일상 속에서 일어나는 유머와 재미있는 이야기를 담은 채널입니다. 1분 이내의 짧은 시간에도 많은 이야기를 담고 있습니다.

3. 미드나잇 쇼

https://www.youtube.com/channel/UCev6XFZ8eVfTXvGg4rcF4XQ

일상 속에서 일어나는 재미있는 상황들을 재현하여 보여주는 채널입니다. 대부분의 영상이 30초에서 1분 사이의 길이를 가지고 있습니다.

이러한 채널들은 유머와 반려동물에 관심이 있는 시청자들에게 인기가 많으며, 숏츠 채널을 만드는데에도 참고할만한 좋은 레퍼런스가 될 것입니다.

조금 더 구체적이고 원하는 바를 파악하여 답변해주는 모습을 확인할 수 있습니다. 발품을 뛰며 레퍼런스 채널을 모으고 참고하는 것도 중요하지만, 시간적 소요를 줄여줄 수 있는 파트너가 생긴 것과 다름없습니다. Chat

GPT를 다양하게 잘 활용할수록 시간적인 여유와 부의 자유를 더 쉽게 얻을 기회가 생긴 것과 다름이 없습니다.

6

Chat GPT와
함께 사용할 수 있는
확장 프로그램 및 도구

    Chat GPT 3.5버전을 더 잘 활용하기 위해서 추천하는 몇 가지 확장 프로그램이 있습니다. 이를 잘 활용한다면 더욱 완벽하고 쉽게 수익화로 이어지는 활동을 이어갈 수 있습니다.

프롬프트 지니: ChatGPT 자동 번역기

★★★★★ 89 ⓘ | 생산성 | 사용자 200,000+명

Chrome에 추가

프롬프트 지니

　　프롬프트 지니란 Chat GPT에 질문을 작성 할 때 질문을 영어로 번역해 주고 , 답변도 한글로 번역해주는 크롬 확장 프로그램 번역기입니다.

　　ChatGPT가 아직 한국어 인식을 잘 못하기에 답변이 느린데 내가 한 질문을 영어로 번역 후 질문을 한 후 답변을 한국어로 바꿔주기에 매우 편리한 확장프로그램입니다.

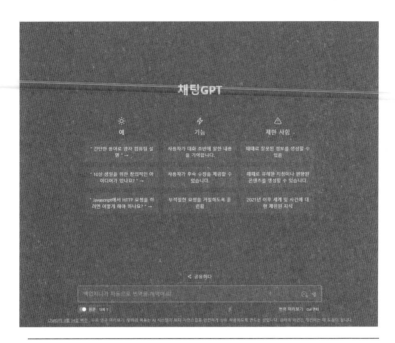

프롬프트 지니가 적용된 모습

Hi chat gpt can you recommend some exercises to lose belly fat?
Answer in English.

번역 취소하기

Hi chat gpt에서 뱃살을 빼는 운동을 추천해 주실 수 있나요?
영어로 대답하십시오.

Chat GPT 실전활용법

틀림없이! 다음은 뱃살을 빼는 데 도움이 되는 몇 가지 운동입니다.

1. 크런치: 등을 대고 누워서 무릎을 구부리고 손을 머리 뒤에 댑니다. 복부 근육을 사용하여 어깨를 땅에서 들어 올리고 등을 내립니다. 15~20회씩 3세트 반복합니다.
2. 플랭크: 팔뚝을 바닥에 대고 푸쉬업 자세를 취합니다. 이 자세를 30~60초 동안 유지하면서 복근을 조이고 등을 곧게 펴는 데 집중하세요.
3. 바이시클 크런치: 등을 대고 누워서 무릎을 구부리고 손을 머리 뒤로 하세요. 어깨를 땅에서 들어 올리고 왼쪽 다리를 곧게 펴면서 왼쪽 팔꿈치를 오른쪽 무릎에 가져옵니다. 반대쪽도 15~20회 3세트 반복합니다.
4. 마운틴 클라이머: 손을 땅에 대고 푸쉬업 자세를 취합니다. 한쪽 무릎을 가슴 쪽으로 가져온 다음 다리를 번갈아 가며 30-60초 동안 합니다.
5. 러시안 트위스트(Russian Twists): 무릎을 구부리고 발을 바닥에 평평하게 놓고 바닥에 앉으세요. 웨이트나 메디신볼을 들고 몸을 약간 뒤로 젖힌 다음 상체를 오른쪽, 왼쪽으로 돌립니다. 15~20회씩 3세트 반복합니다.

최상의 결과를 얻으려면 이러한 운동을 건강한 식단 및 규칙적인 유산소 운동과 결합하는 것을 잊지 마십시오. 행운을 빕니요!

간단하게 한글로 질문을 입력하고, 영어 답변도 자동으로 한국어로 바꿔주어 답변하는 모습을 확인할 수 있습니다.

ChatGPT for Search Engines

　　프로그램 설치 후 구글 검색을 하면 Chat GPT가 답변을 오른쪽에 적어줍니다. 리포트 등의 자료를 조사할 때 광범위한 자료의 범위를 줄여줄 수 있는 장점이 있으며, 단지 답변만 해주는게 아니라 대화창을 통해 더 많은 답변을 얻을 수도 있습니다.

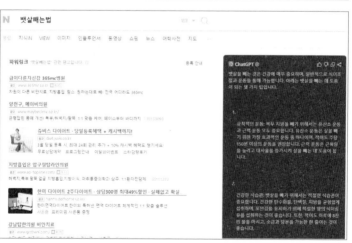

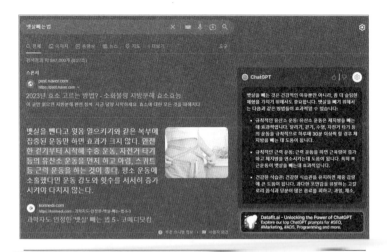

ChatGPT for Search Engines가 적용된 모습

YouTube Summary with ChatGPT

　유튜브 영상의 내용을 요약해주는 확장 프로그램입니다. 유튜브 영상에서 스크립트가 지원되는 영상이어야 하며 제공되는 전체 스크립트를 요약해주는 형식으로 활용도가 매우 높습니다.

　　오른쪽에 적용된 모습으로 유튜브의 내용을 한 눈에
볼 수 있다. 다국어 지원이 가능하여, 해외 레퍼런스 영상
을 바로 번역해서 볼 수 있다는 장점이 있다.

CHAT GPT로
결과 추출
및 수익 창출

1

Chat GPT 수익화를
진행하기 앞서

　이 책은 Chat GPT를 사용하여 적은 시간을 투자하여 누구나 쉽게 추가 수입을 내는 것에 초점을 맞추었습니다. 그럼 수익화 방법을 알아보기에 앞서 주의할 점을 알아보도록 하겠습니다.

1. 절대 Chat GPT에만 의존하지 마라.

Chat GPT는 인공지능 기술 중 하나일 뿐이며, 결국 자신의 창의력이 더해지고 다듬는 과정을 거치셔야 합니다. Chat GPT로 만들어낸 결과물을 자신만의 창의적인 아이디어와 결합시켜 추가적인 가치를 창출하는 것이 중요합니다. 따라서 본업과 병행하며 점차 추가적인 수입을 늘리길 바랍니다.

2. 절대 본업을 쉽게 그만두지 마라.

이 책에는 전문지식이 없어도 누구나 쉽게 그리고 적은 시간을 들여 수익을 창출하는 것이 주 목표입니다. 글쓰기, 번역, 문서작성 등 Chat GPT를 이용한 수익화 방법에는 아주 많은 방법이 있지만 결국 전문적인 지식 없이는 그 수익이 막대한 부를 손에 쥐어 주지는 못합니다.

3. 결국 중요한 건 시간, 노력, 인내심이다.

    Chat GPT를 이용한 수익화 방법은 매우 다양합니다. 하지만 드라마틱한 수입을 기대하거나 엄청난 부를 단기간에 손에 쥐게 되는 것은 아닙니다. 어떠한 비즈니스 모델이든 수익을 창출하고 그것을 안정화시키기 위해서는 시간과 노력 그리고 인내심이 필요합니다.

    지속적으로 Chat GPT를 활용하여 지속적인 수익을 창출하기 위해서는 결국 새로운 지식들을 흡수하고 계속해서 창의력을 덧붙이는 연습이 필요합니다. 이 책을 통해 그 방법을 조금 더 쉽게 습득하길 바랍니다.

2

CHAT GPT
결과 추출 방법

결과 추출을 잘 하는 것만으로도 콘텐츠로 수익을 창출하는 데 Chat GPT가 아주 유용한 도구가 될 수 있습니다. 결과를 효과적으로 추출하고 활용하기 위한 몇 가지 팁을 알아보겠습니다.

1. 올바른 검색어 선택

질문을 할 때 Chat GPT가 정확하고 관련성 높은 결과를 제공할 수 있도록 구체적이고 명확하게 작성하는 것이 좋습니다. 예를 들어 "최고의 음식이 뭐야?"라는 넓은 질문 대신 "한국 요리에서 인기 있는 요리는 무엇입니까?" 등의 질문을 하는 것이 좋습니다.

2. 최상의 답변 선택

Chat GPT는 종종 질문에 대해 여러 답변을 제공하므로 필요에 가장 적합한 답변을 선택하는 것이 중요합니다. 각 응답의 관련성, 정확성 및 스타일을 고려해서 판단해야 합니다.

3. 수정

Chat GPT에서 응답을 받으면 필요에 맞게 수성하고 수정합니다. 여기에는 정보 재정렬, 자신의 생각이나 의견 추가 또는 정보 요약이 포함되어 있습니다.

4. 수익 창출을 위한 결과 사용

Chat GPT의 결과는 블로그 게시물, 기사 또는 비디오를 만드는 등 콘텐츠를 수익화하는 다양한 방법으로 사용할 수 있습니다. 결국 Chat GPT를 어떻게 사용하고 어떤 답변을 받는지에 따라 수익 창출의 차이가 커집니다.

5. 표절 방지

Chat GPT는 귀중한 정보를 제공할 수 있지만 표절을

방지하는 것이 중요합니다. 때문에 결과를 자신의 콘텐츠에 대한 시작점으로 사용하고 자신의 독창적인 생각과 아이디어를 추가한 콘텐츠를 제작하는 것이 가장 좋습니다.

구체적인 질문을 하고, 최상의 답변을 선택하고, 독특하고 창의적인 방식으로 정보를 사용함으로써 소비자를 참여시키고 수익을 창출하는 고품질 콘텐츠를 만들 수 있습니다. 이는 적절한 프롬프트를 사용하는 것이 수익화의 중요 키포인트가 된다는 의미이기도 합니다. 프롬프트를 이용해 누군가는 AI를 활용하여 영화를 만들고 누군가는 수백개의 논문을 요약 정리하여 지식을 쌓아가고 있습니다. 이러한 과정에 필수 요인이 바로 '프롬프트 엔지니어링'이라는 것입니다.

프롬프트를 익히는 방법은 프롬프트를 많이 사용해서 결과를 피드백 받아야만 하며 시간을 들이는 만큼 조정을 할 수 있고 원하는 결과에 가까워지게 됩니다. AI 생성기에 공급할 '텍스트 프롬프트'를 판매하는 시장이 생겨나는 추세이기 때문에 누가 더 적절한 프롬프트를 쌓아가며 Chat GPT를 내게 필요한 AI로서 잘 다루는지 싸움으로 이어질 것입니다.

3

동화책 제작 및
판매

　　먼저 출판에는 크게 기획, 글 작성, 디자인, 출판, 판매
의 순으로 기본적으로 독립출판이나 출판사를 통한 계약
을 진행하여 출판하는 것이 일반적입니다. 하지만 저희는
가장 빠르게 Chat GPT를 활용해 동화책을 제작하고 판매
하는 방법을 알아보도록 하겠습니다.

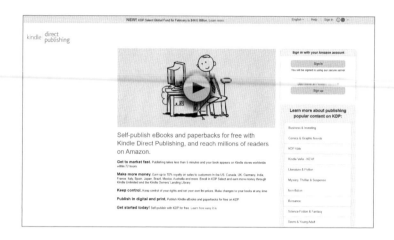

1. 동화책 제작을 위해 필요한 3가지

첫 번째, 아마존 킨들을 사용하여 전세계에 동화책을 판매할 수 있습니다. 아마존 킨들은 단 몇 분만에 플랫폼에 책을 업로드할 수 있고 판매승인 또한 2-3일 정도의 짧은 시간을 소요합니다. 작가가 자체적으로 책의 가격을 정할 수 있으며 책이 판매될 때마다 판매 가격의 70% 정도의 수익을 얻을 수 있습니다.

두 번째, Chat GPT와는 또 다른 국내 Ai 서비스인 스포키를 사용하여 동화책에 들어갈 삽화를 만들어낼 것입니다. 한국에서 출시된 서비스지만 영어로 원하는 키워드를 입력하여 이미지를 만들어내는 서비스라는 점을 알아두어야 합니다. 구글 아이디가 있다면 간편하게 가입, 로그인이 가능한 서비스입니다. 이 외에도 이미지를 생성할 수 있는 서비스는 현재 달리, 플레이그라운드AI 등 많은 AI서비스가 생겨나고 있으니 사용하기 편하신 것을 사용하면 되겠습니다.

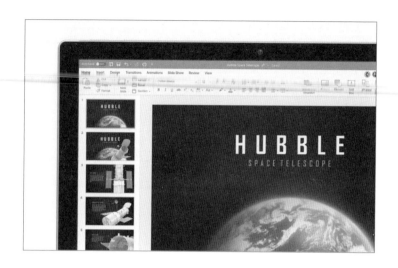

　세 번째, PPT나 한쇼 그리고 각종 제작 툴 중 사용자가 사용하기 편한 도구를 사용하여 PDF의 파일로 완성시켜 동화책 판매를 시작할 수 있습니다.

　동화책 제작을 위해 필요한 것을 알아보았으니 본격적으로 동화책 제작을 위해 Chat GPT에게 역할을 부여하도록 하겠습니다.

안녕 GPT 너는 이제 어린이들에게

꿈과 희망을 주는 동화책 작가야.

안녕하세요! 저는 GPT이며, 어린이들에게 꿈과 희망을 주는 동화책 작가가 되어드리겠습니다. 제가 어떤 도움을 드릴 수 있을까요?

Chat GPT에게 역할 부여가 완료되었으니, 이제 스토리라인을 구성해보도록 하겠습니다.

어린이들을 위한 동화책을 쓰고 싶은데

스토리라인 5가지 정도 구성해줘.

답변

1. 용기와 자신감을 찾는 이야기

한 마을에 살고 있는 소녀가 있었습니다. 이 소녀는 우울증과 불안장애로 고통 받았습니다. 어느 날, 그녀는 엄마와 함께 숲으로 산책을 나갔습니다. 걷다보니, 그녀는 어린 양이 떨어진 채 갇혀 있는 것을 발견했습니다. 소녀는 갇혀 있는 양을 구하기 위해 용기를 내어 도와줍니다. 이 일을 하며, 소녀는 자신의 능력과 용기를 다시 찾게 됩니다.

2. 다양성을 받아들이는 이야기

한 마을에는 색깔이 다른 동물들이 살고 있었습니다. 그러나 그들 중에는 서로 다른 색을 띄는 이웃을 괴롭히는 동물들도 있었습니다. 한 날, 마을에 새로운 동물이 들어왔습니다. 이 동물은 다른 동물들과는 다른 색깔이었습니다. 그러나, 모든 동물들은 그를 반겼고, 서로 다른 색깔이라는 것이 사소한 차이라는 것을 깨달았습니다.

Chat GPT 실전활용법

3. 우정과 협력의 중요성을 배우는 이야기

한 마을에 세 마리 동물이 살고 있었습니다. 그들은 서로 다른 종류이지만, 서로 친구이고 함께 살았습니다. 어느 날, 그들은 함께 놀러 나갔습니다. 그러나, 다른 동물들에게 괴롭힘을 당하게 되면서, 그들은 서로 도와서 문제를 해결하게 됩니다. 그들은 함께 노력하고 협력하여 문제를 해결하면서, 우정과 협력의 중요성을 배우게 됩니다.

4. 자연과 환경을 지키는 이야기

한 마을에는 아름다운 자연과 생태계가 존재했습니다. 그러나, 그들 중 일부 사람들은 자연과 생태계를 파괴하고, 환경을 오염시키는 일을 행했습니다. 한 날, 한 사람이 그 자신이 행한 일이 환경에 미치는 영향을 깨닫고, 자연과 환경을 보호하기 위한 일을 시작합니다. 이 일을 통해 그는 사람들에게 자연과 환경을 지키는 방법을 전파하고, 그들도 환경을 지키는 일을 시작합니다. 마을 사람들은 그의 노력에 영감을 받아 모두 함께 자연과 환경을 보호하는 노력을 시작하게 됩니다.

5. 자기계발과 성장을 이루는 이야기

한 날, 한 소년은 자기 계발과 성장을 위해 도전을 결심합니다. 그는 다른 사람들과 비교하지 않고, 그 자신을 발전시키기 위해 노력합니다. 그리고 그는 어려움을 극복하고, 자신의 한계를 넘어서며, 성장을 이루게 됩니다. 그의 노력과 성장은 마을 사람들의 이목을 끌고, 그들도 모두 자신들의 한계를 극복하고 성장하는 노력을 시작합니다.

이제 Chat GPT가 작성해준 스토리라인 중 하나를 결정하여 스토리를 담아낼 목차를 요청하도록 하겠습니다. 질문이 구체적일수록 완성도가 높은 답변을 받을 수 있습니다.

다양성을 받아들이는 이야기를 토대로

동화책을 작성하면 좋을 것 같아.

기승전결을 담은 동화책의 목차를 작성해줘.

네, 좋은 선택입니다! 다양성을 이야기하는 동화책을 만들어보는 것은 아이들에게 소중한 가치를 전달하는 좋은 방법입니다. 여기 목차 예시를 드리겠습니다.

1. 이상한 동물

2. 환영회 준비

3. 차이를 깨닫다

4. 모두 다 다르다

5. 그런데 우리는 어떻게 다르지?

6. 함께하는 방법

7. 새로운 친구

8. 더 나은 내일

이 동화책에서, 이상한 동물들이 등장하며 다른 동물들이 그들을 괴롭힙니다. 하지만, 그들 중 하나인 무지개 색깔의 동물은 다른 동물들과 친구가 되고,

그들을 이해하는 방법을 배우게 됩니다. 이 동화책은 다른 사람들과 차이를 인정하고 받아들이는 것이 얼마나 중요한지를 부여줍니다.

Chat GPT에게 먼저 목차를 요청하였습니다. 이제 목차를 토대로 스토리를 구성해 달라는 요청을 진행하도록 하겠습니다.

네가 짜준 목차를 순서대로

스토리를 구성해줘.

좋아요! 이제 목차를 이용해 동화책 스토리를 작성해볼게요.

1. 이상한 동물

한 마을에 사는 동물들은 모두 친구였습니다. 그러나

어느 날, 이상한 동물들이 마을에 나타나면서 모두가 당황합니다. 그들은 무지개 색깔로 된 동물들이며, 모두가 처음 보는 모습이었습니다.

2. 환영회 준비

마을에 사는 동물들은 이상한 동물들을 괴롭히려고 하지만, 무지개 색깔의 동물은 그들에게 자신을 소개하기 위해 환영회를 열어 달라고 부탁합니다.

3. 차이를 깨닫다

환영회가 열리기 전에, 무지개 색깔의 동물은 다른 동물들과 단순한 대화를 나눕니다. 그러면서 서로 다른 삶을 살아가는 것에 대해 이해하고, 그들의 차이점을 깨닫습니다.

4. 모두 다 다르다

환영회가 열리고, 다른 동물들도 참석합니다. 무지개 색깔의 동물들은 자신들을 소개하며, 모두 다 다른 것을 알려줍니다.

5. 그런데 우리는 어떻게 다르지?

환영회가 끝난 후, 무지개 색깔의 동물들은 다른 동물들과 함께 있으면서, 모두가 서로를 이해하는 방법을 배우게 됩니다. 그들은 서로 다르지만, 그들의 차이점이 어떻게 하나로 연결될 수 있는지를 배우게 됩니다.

6. 함께하는 방법 ᐧ

모든 동물들은 서로 다르지만, 함께 일하며, 서로를 이해하며, 문제를 해결하는 방법을 찾습니다. 이제, 그들은 서로의 차이점을 존중하며, 함께 일할 수 있는 방법을 찾았습니다.

7. 새로운 친구

무지개 색깔의 동물들은 이제 마을의 일원이 되었습니다. 그들은 새로운 친구를 사귀며, 함께 놀이하고, 모험을 떠나며 서로를 이해하고, 그들의 차이점을 존중하며 즐겁게 시간을 보냅니다. 마을에 사는 모든 동물들은 이제 서로 다른 것을 존중하고, 함께 일하는 방법을 찾았습니다.

8. 더 나은 내일

마을에 사는 모든 동물들은 이제 더 나은 내일을 위해 함께 노력합니다. 그들은 서로를 이해하고 존중함으로써 더 나은 세상을 만들기 위한 노력을 시작합니다.

그렇게 다양성을 이야기하는 동화책 '무지개 색깔의 동물들'이 끝납니다. 이 동화책은 서로 다른 것을 존중하고 받아들이는 것이 얼마나 중요한지를 알려주며, 우리 모두가 함께 일하고 살아가는 방법을 배울 수 있습니다.

이렇게 동화책의 스토리라인이 모두 구성되었습니다. 이제 만들어진 스토리라인을 바탕으로 동화책을 완성시켜 보라고 요청해 보겠습니다.

네가 답변해준 스토리라인을 토대로

동화책을 완성시켜줘.

무지개 색깔의 동물들

이상한 동물

한 마을에 사는 동물들은 모두 서로 친구입니다. 어느 날, 이상한 동물들이 마을에 나타나면서 모두가 놀라게 됩니다. 그들은 무지개 색깔로 된 동물들이며, 그들의 모습은 아무도 본 적이 없었습니다.

환영회 준비

마을에 사는 동물들은 이상한 동물들을 괴롭히려고 합니다. 그러나 무지개 색깔의 동물은 그들에게 자신을 소개하기 위해 환영회를 열어 달라고 부탁합니다.

차이를 깨닫다

환영회가 열리기 전에, 무지개 색깔의 동물들은 다른 동물들과 단순한 대화를 나눕니다. 그러면서 서로 다른 삶을 살아가는 것에 대해 이해하고, 그들의 차이점을 깨닫게 됩니다.

모두 다 다르다

환영회가 열리고, 다른 동물들도 참석합니다. 무지개 색깔의 동물들은 자신들을 소개하며, 모두 다 다른 것을 알려줍니다.

그런데 우리는 어떻게 다르지?

환영회가 끝난 후, 무지개 색깔의 동물들은 다른 동물들과 함께 있으면서, 모두가 서로를 이해하는 방법을 배우게 됩니다. 그들은 서로 다르지만, 그들의 차이점이 어떻게 하나로 연결될 수 있는지를 배우게 됩니다.

함께하는 방법

모든 동물들은 서로 다르지만, 함께 일하며, 서로를 이해하며, 문제를 해결하는 방법을 찾습니다. 이제, 그들은 서로의 차이점을 존중하며, 함께 일할 수 있는 방법을 찾았습니다.

새로운 친구

무지개 색깔의 동물들은 이제 마을의 일원이 되었습니다. 그들은 새로운 친구를 사귀며, 함께 놀이하고, 모험을 떠나며 서로를 이해하고, 그들의 차이점을 존중하며, 함께 시간을 보냅니다.

더 나은 내일

마을에 사는 모든 동물들은 이제 더 나은 내일을 위해 함께 노력합니다. 그들은 서로를 이해하고 존중함으로써 더 나은 세상을 만들기 위한 노력을 시작합니다.

그렇게 다양성을 이야기하는 동화책 '무지개 색깔의 동물들'이 끝납니다. 이 동화책은 서로 다른 것을 존중하고 받아들이는 것이 얼마나 중요한지를 알려주며, 우리 모두가 함께 일하고 살아가는 방법을 배울 수 있습니다. 감사합니다!

원고가 완성되었지만, 아직 많이 어색한 부분이 많습니다. 추가적인 질문으로 원고를 더 다듬어 보도록 하겠습니다.

> 작성해준 동화는 너무 좋은데 중간중간 상황에 맞는 동물들의 대사를 추가해줬으면 해.

> 네, 좋은 제안 감사합니다! 중간중간 상황에 맞는 동물들의 대사를 추가해서 좀 더 생생하게 이야기를 전달해볼게요.

무지개 색깔의 동물들

이상한 동물

한 마을에 사는 동물들은 모두 서로 친구입니다. 어느 날, 이상한 동물들이 마을에 나타나면서 모두가 놀라게 됩니다. 그들은 무지개 색깔로 된 동물들이며, 그들의 모습은 아무도 본 적이 없었습니다.

뱀:"무슨 동물들이 이리 이상한 모습을 하고 있지?"
사자:"저건 뭐지? 처음 봤는데"

환영회 준비

마을에 사는 동물들은 이상한 동물들을 괴롭히려고 합니다. 그러나 무지개 색깔의 동물은 그들에게 자신을 소개하기 위해 환영회를 열어 달라고 부탁합니다.

원숭이:"저 동물들 좀 괴롭히면 어떨까?"
무지개 색깔의 동물:"잠깐만요. 그들도 동물이잖아요. 우리도 처음 왔을 때는 어색했었잖아요. 우리도 대우받고 싶다면 환영회를 열어주자" –

차이를 깨닫다

환영회가 열리기 전에, 무지개 색깔의 동물들은 다른 동물들과 단순한 대화를 나눕니다. 그러면서 서로 다른 삶을 살아가는 것에 대해 이해하고, 그들의 차이점을 깨닫게 됩니다.

Chat GPT 실전활용법

돼지: "너무 다른 것 같아서 어색했는데, 이야기를 하니까 서로 다른 경험들이 있었구나"
무지개 색깔의 동물: "우리도 다른 점이 있지만, 그것이 서로를 더욱 특별하게 만드는 거 아닐까?"

모두 다 다르다

환영회가 열리고, 다른 동물들도 참석합니다. 무지개 색깔의 동물들은 자신들을 소개하며, 모두 다 다른 것을 알려줍니다.

무지개 색깔의 사자: "저는 무지개 색깔의 사자입니다. 이 무지개 색깔은 제가 다양한 경험을 했기 때문에 얻은 것입니다"
무지개 색깔의 원숭이: "저는 무지개 색깔의 원숭이입니다. 다양한 나무에서 살아본 경험 덕분에 무지개 색깔을 얻게 되었죠"

그런데 우리는 어떻게 다르지?

환영회가 끝난 후, 무지개 색깔의 동물들은 다른 동물들과 함께 있으면서, 모두가 서로를 이해하는 방법을 배우게 됩니다. 그들은 서로 다르지만, 그들의 차이점이 어떻게 하나로 연결될 수 있는지를 배우게 됩니다.

무지개 색깔의 동물: "저희들은 각자 다른 경험들을 했지만, 그것이 저희를 특별하게 만든다는 것을 알게 되었습니다"

원숭이: "우리가 다르다고 해서 상대를 평가하는 것은 옳지 않아요. 다양한 경험들을 나누고, 서로를 이해하는 것이 중요하죠"

함께하는 방법

모든 동물들은 서로 다르지만, 함께 일하며, 서로를 이해하며, 문제를 해결하는 방법을 찾습니다. 이제, 그들은 서로의 차이점을 존중하며, 함께 일할 수 있는 방법을 찾았습니다.

Chat GPT 실전활용법

돼지: "우리 모두 서로 다르지만, 함께 일하고, 서로를 이해하는 것이 중요하다는 것을 알게 되었습니다"

사자: "서로 다르다는 것이 오히려 재미있고, 새로운 것을 배울 수 있는 기회가 될 수 있다는 것을 배웠어요"

새로운 친구

무지개 색깔의 동물들은 이제 마을의 일원이 되었습니다. 그들은 새로운 친구를 사귀며, 함께 놀이하고, 무협을 떠나며 서로를 이해하고, 그들의 차이점을 존중하고, 즐겁게 시간을 보냅니다.

무지개 색깔의 동물: "우리는 서로 다르지만, 그것이 오히려 우리가 더 많은 것을 배우고 서로에게서 영감을 받을 수 있게 만들어준다는 것을 깨달았어요"

더 나은 내일

마을에 사는 모든 동물들은 이제 더 나은 내일을 위해 함께 노력합니다. 그들은 서로를 이해하고 존중함으로써 더 나은 세상을 만들기 위한 노력을 시작합니다.

무지개 색깔의 동물 : "우리는 서로 다른 것들을 갖고 있지만, 그것이 우리를 더욱 특별하게 만들고, 함께 노력해서 더 나은 세상을 만들어 나가자"

이렇게 상황에 맞는 동물들의 대사를 추가한 동화책 '무지개 색깔의 동물들'입니다. 좀 더 생생하고 자연스러운 이야기가 되어, 어린이들의 마음에 깊이 전달될 수 있도록 노력했어요. 감사합니다!

Chat GPT의 도움으로 짧은 시간에 동화책의 스토리와 원고가 준비되었습니다. 이제 본인의 능력을 활용해 원고를 더 다듬어주는 작업을 진행합니다.

무지개 색깔의 동물들

1. 이상한 동물
세상에는 꽁꽁 숨겨진 모두가 사이좋게 지내는
동물들의 마을이 있었어요.
그런데 그 마을에 어느날, 이상한 동물들이 나타나게
된답니다? 그들은 어디서도 본 적이 없는 무지개
색깔로 된 동물들이었어요!

마을에 살고 있던 뱀 아저씨가 말했어요.
"무슨 동물이길래 이리 이상한 모습을 하고 있지?"

사자 아가씨도 말했어요.
"저건 뭐야? 저런 동물은 처음보는 걸?"

동물들은 무지개 색깔의 동물들을 보며 혼란에
빠졌어요.

2. 환영회 준비

자신들과는 다르게 생긴 생김새 때문에 마을에 살던
동물들은 무지개 색깔 동물 늘을 괴롭히려 하기
시작했어요.

"이 마을에서 나가!"

"생긴게 대체 왜 그래?"

동물들은 소리치기 시작했어요!

그러자 무지개 색깔 동물들 중 한 마리가 나와
대표로 말하기 시작했습니다.

"잠깐만요! 저희도 같은 동물입니다! 조금 어색하고
생긴 모습이 달라서 혼란스러울 수 있어도
저희도 같은 동물입니다! 저희를 소개하기 위해
환영회를 열어 주시면 안될까요?"

알록달록 무지개 색깔로 이뤄진 원숭이가 나와
소리쳤습니다!

그러자 마을에 살고 있던 동물들은 말했어요.

"그래, 뭐 얘기라도 들어보자고." "음.. 그럴까?.."

...

이렇게 자신의 생각과 창의력을 더해 원고를 다듬는 작업이 필요합니다. 단순히 복사 붙여넣기를 통해서는 절대 수익화를 진행할 수 없다는 사실을 인지하셔야 합니다. 이렇게 원고를 다듬는 작업이 끝나셨다면 이제 스포키를 사용해 동화책에 들어갈 삽화 작업을 진행해보도록 하겠습니다.

　　웹사이트에 로그인을 하게 되면 [생성하기] 버튼이 우측 상단에 보일 겁니다. 이제 명령을 내려주도록 하겠습니다. 이미지 묘사에 a village of animals를 입력하고 장르는 애니메이션으로 선택 후 진행해보도록 하겠습니다.

　이렇게 삽화가 나오게 되는 것을 확인하실 수 있습니다. 이제 책 내용에 들어갈 이미지를 생성하기 위해 하단에 보이는 [이 레피시 사용하기]를 눌러주고 다시 명령을 내려보도록 하겠습니다. 이미지 묘사에 [rainbow monkey, Like a fairy tale] 동화 느낌의 무지개 원숭이를 그려주라고

명령을 내렸습니다.

이렇게 원하는 이미지를 뽑아내는 연습을 진행하시어 동화책에 필요한 그림을 만들어내면 거의 완성입니다. 원하는 이미지가 모두 준비되었고, 원고를 다듬는 작업도 끝

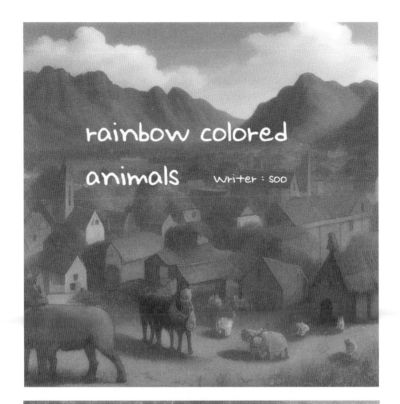

rainbow colored animals

writer : soo

Then one of the rainbow colored
animals came out and began to speak
as a representative.

"Wait! We're the same animal! It
might be confusing because it's a bit
awkward and looks different, but
we're the same animal! "Can you hold
a welcoming party to introduce us?"

나셨다면 파워포인트를 통해 동화책을 완성시켜보도록 하겠습니다.

다듬어진 원고를 다시 Chat GPT에게 번역을 요청하였고 파워포인트와 무료폰트를 사용하여 동화책을 완성했습니다. 이제 아마존 킨들에 가입하여 기입 항목들을 순서대로 기입하고 등록하면 2-3일의 기간에 걸쳐 승인이 나게 됩니다.

(2-10 도서 등록의 과정)

위 과정을 응용하여 다른 전자책을 판매하는 방법도 있습니다. 하지만 전자책의 경우 현실적으로 전문지식이 없는 사람이라면 Chat GPT가 내놓은 답변의 사실 유무를 입증하기 어렵다는 단점이 있습니다. 일반적인 전자책 제작을 고려하고 계시다면 예를 들어 한국어 기초 입문하기 식의 초보자나 기초적인 지식들을 활용한 책을 제작하길 추천합니다.

또한 동화책 판매의 경우 처음부터 판매가 이루어지고 수익이 들어온다면 좋겠지만 이 역시 꾸준히 작업을 진행하고 신작을 등록해야 수익이 점차 늘어날 것입니다.

4

블로그 포스팅
수익화

먼저 블로그 포스팅을 수익화 하기위해서는 두 가지의 선택지가 있습니다. 바로 수익을 진행할 수 있는 [쿠팡 파트너스]와 [구글 애드센스]를 활용한 수익화를 기대해 볼 수 있겠습니다. 이 외에 블로그를 지속적으로 운영하고 인지도를 얻게 된다면 협찬이나, 광고 계약 또한 기대해볼 수 있겠습니다. 이제 Chat GPT로 블로그 콘텐츠 제작하고 수익화 하는 방법에 대해 알아보도록 하겠습니다.

　　본론으로 들어가기 전 꼭 알아야 할 사항이 있습니다. Chat GPT 출시 이후 세상은 더욱 빠르게 변화하고 대처하고 있습니다. AI와 사람이 쓴 글을 판별해주는 AI탐지기가 나오기 시작했으며, 이에 따른 발 빠른 대처와 정보수집도 필수입니다. 지속적으로 Chat GPT와 그에 관련된 정보들을 접하고 숙지하는 것이 가장 중요함을 알리며 본론으로 들어가도록 하겠습니다.

먼저, 다뤄볼 내용은 티스토리를 활용하는 방법입니다. 대한민국 국민이라면 누구나 사용하는 카카오톡 아이디만 있다면 누구나 쉽게 가입 가능합니다.

이제 블로그에 포스팅을 진행할 소재를 찾아야 합니다. 소비자들이 끊임없이 필요로 하고 또 계속해서 신제품이 나오는 주제를 생각해보도록 합니다. 짧게 예를 들자면 건강식품이나 가전 등이 있을 것입니다. 이제 Chat GPT에게 질문을 하도록 하겠습니다.

> GPT, 나는 건강에 관한 글을 포스팅하는
>
> 블로거야. 내게 도움을 줄 수 있을까?

> 물론입니다! GPT는 건강과 관련된 다양한 주제에 대한 정보를 가지고 있습니다. 예를 들어, 건강한 식습관, 운동, 건강한 삶의 방법, 건강 문제와 질병에 대한 정보 등 다양한 주제를 다룰 수 있습니다.

하지만 GPT는 인공지능 모델이기 때문에, 전문적인 의료 조언이나 진단을 내리는 것은 적절하지 않습니다. 따라서 만약 어떤 건강 문제나 질병에 대한 질문이 있다면, 의료 전문가와 상담하는 것이 좋습니다.

그렇지만, 건강과 관련된 일반적인 질문이나 건강 정보에 대한 이해를 높이는 데에는 GPT가 도움이 될 수 있습니다. 따라서 건강과 관련된 글을 포스팅할 때, GPT를 활용하여 다양한 정보와 관련 용어를 이해하고 다양한 콘텐츠를 작성하는 데 도움을 받을 수 있습니다.

계속해서 언급한대로 GPT에게 역할을 부여했습니다. 키워드를 뽑아내기 위한 질문을 하나 던져보도록 하겠습니다.

사람들이 걸리기 쉬운 병이지만 증상이 없어 알기 어려운 질병은 뭐가 있을까?

사람들이 걸리기 쉬운 병이지만 증상이 없어 알기 어려운 질병 중에는 다음과 같은 것들이 있습니다.

1. 고혈압

고혈압은 증상이 없는 경우가 많아서 "침묵의 살인자"로 불리기도 합니다. 만약 고혈압이 오랫동안 지속되면 심각한 건강 문제를 유발할 수 있습니다.

2. 당뇨병

당뇨병은 증상이 뚜렷하지 않은 경우가 많아서 발견하기 어렵습니다. 하지만 당뇨병이 오랫동안 지속되면 많은 건강 문제를 유발할 수 있으므로, 정기적인 검진이 필요합니다.

3. 갑상선 기능 이상

갑상선은 몸의 대사를 조절하는 역할을 합니다. 갑상선 기능 이상은 증상이 뚜렷하지 않을 수 있지만, 신체의 다른 부분에 영향을 미치므로 검진이 필요합니다.

4. 췌장암

췌장암은 초기에는 증상이 거의 없을 수 있습니다. 따라서 췌장암은 대개 발견되면 이미 진행이 심한 경우가 많습니다.

5. 유방암

유방암은 초기에는 증상이 거의 없을 수 있습니다. 따라서 정기적인 유방 검진이 필요합니다.

이러한 질병들은 정기적인 건강 검진을 통해 조기 발견이 가능합니다. 따라서 정기적인 건강 검진이 중요하며, 만약 이러한 질병에 대한 우려가 있다면 즉시 전문가와 상담하는 것이 좋습니다.

5가지의 질병을 예로 든 모습입니다. 여기서 고혈압을 키워드로 뽑아 블로그에 포스팅할 원고를 작성해보도록 하겠습니다.

고혈압을 예방하는 방법에는 뭐가 있을까?

고혈압을 예방하기 위해서는 다음과 같은 방법들을 실천하는 것이 좋습니다:

1. 건강한 식습관

적절한 양의 과일, 채소, 고기, 양념 등을 섭취하고, 고칼로리, 고지방, 고나트륨 음식을 피하는 것이 좋습니다. 특히, 과다한 나트륨 섭취는 고혈압을 유발할 수 있으므로, 나트륨 함량이 낮은 식품을 선택하는 것이 좋습니다.

2. 체중 관리

비만은 고혈압 발생 위험을 높입니다. 체중을 유지하거나 감량하는 것이 고혈압 예방에 도움이 됩니다.

Chat GPT 실전활용법

3. 꾸준한 운동

꾸준한 유산소 운동은 고혈압 예방에 좋습니다. 하루에 30분 이상의 운동을 꾸준히 하는 것이 좋습니다.

4. 금주 혹은 건강한 음주

과도한 음주는 고혈압을 유발할 수 있으므로, 건강한 음주 혹은 금주를 실천하는 것이 좋습니다.

5. 스트레스 관리

스트레스는 고혈압 발생 위험을 높입니다. 스트레스를 줄이기 위해 충분한 휴식과 수면을 취하고, 명상, 요가, 태극권 등의 스트레스 관리 방법을 실천하는 것이 좋습니다.

6. 정기적인 검진

고혈압은 대개 증상이 없기 때문에 정기적인 검진을 실시하여 고혈압 발생을 조기에 발견하고 예방하는 것이 중요합니다.

이러한 방법들을 실천하여 고혈압을 예방할 수 있습니다. 그러나 만약 고혈압이 이미 발생했다면, 전문가와 상담하여 치료 및 관리를 받는 것이 중요합니다.

Chat GPT가 내어준 답변을 검토하며, 어떠한 제품을 이어 수익화를 진행하면 좋을지 생각해보도록 하겠습니다. 저의 경우는 나트륨과 체중에 초점을 두도록 하겠습니다.

> 나트륨과 체중 조절할 건강식품 얘기해줘

> 네, 몸에 쌓인 나트륨을 줄이면서 체중 관리에 도움을 주는 건강 식품으로는 다음과 같은 것들이 있습니다:

1. 과일과 채소

과일과 채소는 칼로리가 적고 영양가가 높아 체중 관리에 좋습니다. 또한, 과일과 채소에는 칼륨이 풍부하게 함유되어 있어 나트륨을 제어하는 데 도움이 됩니다.

2. 고기와 생선

고기와 생선은 단백질이 풍부하게 함유되어 있어 체중 조절에 도움이 됩니다. 그러나, 소금 처리된 고기는 나트륨 함량이 높기 때문에 적당한 양으로 섭취하는 것이 좋습니다.

3. 견과류

견과류는 체중 관리와 건강에 좋은 지방과 단백질이 풍부합니다. 또한, 견과류에는 마그네슘이 함유되어 있어 나트륨 제어에 도움이 됩니다.

4. 잎채소

잎채소는 체중 조절에 좋은 식품입니다. 또한, 잎채소는 나트륨 함량이 낮기 때문에 적극적으로 섭취하는 것이 좋습니다.

5. 콩과 콩류

콩과 콩류는 단백질, 식이 섬유, 비타민, 미네랄 등이 풍부하게 함유되어 있어 체중 관리와 건강에 좋습니다. 또한, 콩과 콩류에는 칼륨이 풍부하게 함유되어 있어 나트륨 제어에 도움이 됩니다.

이러한 건강 식품을 적절히 조합하여 식단을 구성하면, 나트륨 섭취를 줄이면서 체중을 관리할 수 있습니다. 그러나, 개인의 식습관이나 건강 상태에 따라 적절한 식단을 섭취하는 것이 중요합니다. 따라서, 전문가와 상담하여 적절한 식단을 계획하고 관리하는 것이 좋습니다.

건강 식품을 추천해 달라고 요청하니 너무 광범위하게 넓어지는 답변을 내놓았습니다. 질문을 수정하여 다시 질문해보도록 하겠습니다.

> 다시 질문할게. 몸에 쌓인 나트륨을 줄여주면서 체중 관리에 좋은 영양제가 있을까?

일반적으로 영양제는 체중 관리에 도움이 되지만, 몸에 쌓인 나트륨을 줄여주는 특별한 영양제는 없습니다. 그러나, 몸에 쌓인 나트륨을 제어하기 위해서는 일반적으로 식이섬유, 비타민, 미네랄 등을 풍부하게 함유하는 영양제를 선택하는 것이 좋습니다.

예를 들어, 식이섬유가 풍부한 프리바이오틱스나 프로바이오틱스 영양제는 장 건강을 유지하고 나트륨의 흡수를 감소시켜주는 효과가 있습니다. 또한, 칼, 칼슘, 칼륨 등의 미네랄이 풍부한 멀티비타민 영양제도 나트륨 제어에 도움이 됩니다.

그러나, 영양제는 식사를 대체하지는 못하므로, 건강한 식습관과 운동을 병행하여 체중 관리와 나트륨 제어를 위한 식단을 계획하는 것이 좋습니다. 또한, 영양제를 복용하기 전에 전문가와 상담하여 적절한 영양제를 선택하고 복용하는 것이 중요합니다.

Chat GPT가 내어준 질문을 검토하니 나트륨 제어와 체중 감량 모두에게 도움이 되는 영양제는 없다고 답해줍니다. 그렇다면 나트륨 제어에만 초점을 맞추어 질문을 이어 나가도록 하겠습니다.

> 좋은 정보 고마워. 그렇다면 나트륨 제어에
> 좋은 영양제와 함께 고혈압의 위험성을
> 연결지어 글을 작성해줘.

고혈압은 몸 속의 혈압이 일정 수준 이상으로 올라가는 상태를 말합니다. 고혈압은 다양한 건강 문제를 유발할 수 있으며, 심장병, 뇌졸중, 신장 질환 등의 위험성을 증가시킵니다. 따라서, 고혈압 예방과 관리는 매우 중요합니다.

나트륨 제어는 고혈압 예방과 관리에 중요한 역할을 합니다. 과도한 나트륨 섭취는 혈압을 높여 고혈압 발생 위험을 증가시키기 때문입니다.

따라서, 나트륨 섭취량을 줄이는 것이 고혈압 예방과 관리에 중요합니다.

나트륨 제어에 좋은 영양제로는 식이섬유가 풍부한 프리바이오틱스나 프로바이오틱스 영양제, 철, 칼슘, 칼륨 등의 미네랄이 풍부한 멀티비타민 영양제가 있습니다. 또한, 혈압을 낮추는 데 도움이 되는 마그네슘이 함유된 영양제를 복용하는 것도 좋습니다.

하지만, 영양제만으로 고혈압을 예방하거나 관리하는 것은 어렵습니다. 올바른 식습관과 건강한 생활 습관을 유지하며, 정기적인 검진과 전문가의 조언을 받아 고혈압 예방과 관리에 적극적으로 참여하는 것이 중요합니다.

따라서, 나트륨 섭취량을 제한하고 건강한 식습관을 유지하며, 정기적인 건강 검진과 전문가의 조언을 받아 고혈압 예방과 관리에 적극적으로 참여하는 것이 중요합니다.

블로그에 업로드할 콘텐츠로 사용하기엔 아직 글이 많이 짧습니다. 조금 더 구체적으로 작성 요청을 보내도록 하겠습니다.

1. 고혈압의 발생 원인

2. 일상 속 안좋은 습관

3. 고혈압의 위험성

4. 고혈압 예방법

5. 고혈압 예방에 프로바이오틱스가 좋은 이유

이 순서대로 2000자 내외 블로그 원고를 작성해줘.

고혈압의 발생 원인

고혈압 발생 원인

고혈압의 원인은 다양하지만, 가장 일반적인 원인 중 하나는 생활 습관과 식습관입니다. 고칼로리, 고지방, 고나트륨 음식 섭취와 함께 불규칙한 식습관, 체중과 운동 부족, 스트레스 등이 고혈압을 유발하는 원인 중 하나입니다. 또한, 유전적 요인, 나이, 성별, 기타 건강 상태 등도 고혈압 발생에 영향을 미칩니다.

일상 속 안좋은 습관

고혈압 예방을 위해서는 일상 속 안좋은 습관을 개선하는 것이 중요합니다. 일반적인 안좋은 습관 중 하나는 고칼로리, 고지방, 고나트륨 음식 섭취입니다. 이는 고혈압 발생의 주요 원인 중 하나입니다. 따라서, 건강한 식습관을 유지하고, 고칼로리, 고지방, 고나트륨 음식을 피해야 합니다.

또한, 불규칙한 식습관과 체중 관리 부족도 고혈압 발생과 관련이 있습니다. 체중과 운동 부족은 고혈압 예방에 가장 중요한 요소 중 하나입니다. 정기적인 운동과 건강한 식습관을 유지하면 체중을 감량할 수 있습니다.

스트레스 관리도 고혈압 예방에 중요한 요소 중 하나입니다. 스트레스는 고혈압을 유발하는 원인 중 하나이며, 정기적인 스트레스 관리가 필요합니다. 꾸준한 운동, 명상, 요가, 태극권 등의 활동을 통해 스트레스를 관리할 수 있습니다.

고혈압의 위험성

고혈압은 심장병, 뇌졸중, 신장 질환 등의 위험성을 증가시키는 질환입니다. 고혈압은 몸의 혈압이 일정 수준 이상으로 올라가는 상태를 말하며, 그 영향으로 다양한 건강 문제를 유발할 수 있습니다. 따라서, 고혈압 예방과 관리는 꼭 필요한 것입니다.

고혈압 예방법

고혈압 예방을 위해서는 건강한 식습관과 생활 습관을

유지하는 것이 중요합니다. 고칼로리, 고지방, 고나트륨 음식은 피하고, 과일, 채소, 곡류, 물고기 등의 건강한 식품을 충분히 섭취해야 합니다. 이외에도, 체중 감량을 위해 꾸준한 운동이 필요하며, 탄수화물, 당, 포도당 등의 섭취량을 줄이는 것도 중요합니다.

또한, 정기적인 건강 검진을 받아야 합니다. 고혈압은 증상이 없을 수 있기 때문에, 정기적인 혈압 측정과 함께 건강한 생활 습관을 유지하는 것이 중요합니다. 이를 위해서는 약물 치료, 건강한 식습관 및 생활 습관의 개선 등의 조치를 취해야 합니다.

고혈압 예방에 프로바이오틱스가 좋은 이유
최근 연구에서는 프로바이오틱스 섭취가 고혈압 예방 및 관리에도 도움이 된다는 결과가 나왔습니다. 프로바이오틱스는 장 내 미생물 균형을 개선하고, 면역 체계를 강화하는데 도움이 됩니다. 또한, 고혈압과 관련된 건강 문제를 예방하는 데도 도움이 됩니다.

프로바이오틱스는 건강한 장 내 미생물 균형을 유지하는데 중요합니다. 장 내 미생물 균형이 깨지면, 다양한 건강 문제가 발생할 수 있습니다. 프로바이오틱스 섭취는 장 내 미생물 균형을 개선하고, 이를 통해 고혈압 예방 및 관리에 도움이 됩니다.

또한, 프로바이오틱스 섭취는 면역 체계를 강화하는데도 도움이 됩니다. 면역 체계가 강해지면, 감염성 질환 및 기타 건강 문제 예방에도 효과적입니다.

마지막으로, 프로바이오틱스 섭취는 콜레스테롤 감소 및 체 지 미립자의 감소 등 다양한 건강 이점을 가져옵니다. 콜레스테롤 감소는 고혈압과 관련된 심혈관 질환 예방에도 도움이 됩니다.

프로바이오틱스는 다양한 형태로 제공됩니다. 일반적으로는 보충제나 건강기능식품, 또는 유산균 음료 등으로 제공됩니다. 하지만, 프로바이오틱스를 복용하는 것이 항상 좋은 것은 아닙니다. 개인의 건강 상태, 섭취 목적에 따라 적절한 프로바이오틱스 제품을 선택하고 복용하는 것이 중요합니다.

결론

고혈압은 다양한 건강 문제를 유발할 수 있는 질환으로, 건강한 식습관과 생활 습관을 유지하는 것이 중요합니다. 고칼로리, 고지방, 고나트륨 음식 섭취와 함께 불규칙한 식습관, 체중과 운동 부족, 스트레스 등이 고혈압을 유발하는 원인 중 하나입니다. 이러한 안좋은 습관을 개선하고, 정기적인 건강 검진을 받아야 합니다.

또한, 프로바이오틱스 섭취는 고혈압 예방 및 관리에도 도움이 되는 것으로 알려져 있습니다. 프로바이오틱스는 장 내 미생물 균형을 유지하는데 중요하며, 면역 체계를 강화하는데도 도움이 됩니다. 또한, 프로바이오틱스 섭취는 콜레스테롤 감소와 체지방 미립자 감소 등 건강 이점을 가져올 수 있습니다.

따라서, 고혈압 예방과 관리를 위해서는 건강한 식습관과 생활 습관을 유지하는 것이 중요하며, 프로바이오틱스 섭취도 고려해볼 만한 선택지 중 하나입니다. 그러나, 개인의 건강 상태와 섭취 목적에 따라 적절한 프로바이오틱스 제품을 선택하고 복용하는 것이 필요합니다.

구체적인 질문을 통해 받은 답변의 퀄리티가 매우 상승한 것을 확인하실 수 있습니다.

하지만, 여기서 절대 놓쳐서는 안 되는 단계가 있습니다. 바로 AI 콘텐츠 탐지기인 WRITER를 이용해 이 글이 사용 가능할지를 알아보아야 합니다. 그럼 바로 테스트를 진행해보도록 하겠습니다. 원문인 영어로 1500이내의 원고를 적용하게 되면 이런 결과값이 나옵니다.

우측 상단에 보이는 13%라는 수치는 사람이 만들었을 가능성을 의미합니다. 100%에 가까울수록 각종 블로그 시스템에 적용된 AI 콘텐츠 탐지를 피해갈 수 있다는

의미이기도 합니다. 이 글을 활용하여 블로그에 작성하기 위해서는 결국 글을 직접 다듬는 것입니다.

인간이 쓴 글과 AI가 쓴 글의 차이점을 알면 글을 다 듬고 변형하기 쉬워집니다. 아래의 법칙에 따라 글을 직접 다듬는 것이 블로그에서 수익을 내기 좋은 방법입니다.

1. 포스팅 글자수는 2000자 정도 유지하면 좋습니다.
2. 아래의 형식으로 글을 다듬으며 작성합니다.

(이미지)

1. 제목

  문단

  소제목

  문단

(이미지)

2. 제목

문단

소제목

문단

* 이러한 형식으로 블로그에 글을 포스팅 하였을 때
[구글애드센스] 승인이 가장 쉬워집니다. 애드센스의 경
우 승인까지 기간이 평균 30일이 걸리기 때문에 먼저 포스
팅을 쌓아두는 것이 가장 중요합니다

3. AI와 인간의 차이는 글의 표현이 누구나 알아볼 수 있도록
   쉬운 단어를 선택하여 작성한다는 특징이 있습니다. 완성
   된 글을 누구나 이해하기 쉽고 직관적으로 수정하는 것이
   중요합니다.

4. 이미지는 Pixabay, Pexels 등 무료로 이미지를 제공하는
   사이트를 통해 관련된 단어를 영문으로 검색 후 무료로 받
   을 수 있습니다. 알맞은 이미지를 선택하여 삽입하는 것 또
   한 아주 중요한 작업입니다.

Chat GPT의 원고 초안으로 위 법칙을 지켜 글을 작성했다면 이제 내 블로그로 어떻게 수익화를 하는지 간략히 설명하겠습니다.

1. 쿠팡 파트너스

쿠팡 파트너스는 비교적 승인이 간단한 편이며, 보유한 쿠팡 아이디나 신규 가입을 통해 회원가입 신청을 하면 되겠습니다.

쿠팡 파트너스 가입

❶ ─── ❷ ─── ❸

쿠팡 파트너스 링크나 배너를 게시할 본인의 블로그나 웹 사이트 또는 모바일 앱 정보를 모두 입력하신 후 추가해 주세요.

✓ 블로그 주소나 웹사이트 또는 모바일 앱 목록은 둘 중에 하나만 기입하셔도 됩니다.

✓ 기입 가능한 웹사이트에는 SNS 페이지와 유튜브 채널 주소도 포함됩니다.

웹사이트 목록

| https:// | 추가하기 |

모바일 앱 목록

| 플레이 스토어 혹은 애플 앱스토어의 앱 URL을 입력해주세요 | 추가하기 |

최종 승인을 위하여 활동하시는 페이지에 게시된 파트너스 링크나 배너를 확인할 수 있도록 스크린 샷을 등록해주세요.
스크린 샷은 가입 완료 후 마이페이지에서 등록하실 수 있습니다.

☑ 네, 확인했습니다.   스크린샷 예시보기 >

등록하지 않은 채널에서 광고 활동을 하면 부정행위로 간주될 수 있으며, 이로 인해 불이익을 받으시는 일이 없으시길 바랍니다. 가입 후에도 마이페이지 안에 계정관리에서 블로그와 사이트 주소, 앱 목록을 추가할 수 있습니다.

← 이전   다음 →

앞과 같이 내가 보유한 블로그의 주소를 기입하는 것 하나로도 쉽게 가입할 수 있다는 장점이 있으며 등록 즉시 활동할 수 있다는 장점이 있습니다. 단 최종 승인의 소건은 판매 금액이 15만 원 이상을 달성하게 되었을 시에 가능하다는 점을 유의해야 하며, 포스팅과 동시에 경제적 이해관계 문구가 표시되어야 합니다. (ex_이 포스팅은 쿠팡 파트너스 활동의 일환으로 이에 따른 일정액의 수수료를 제공받습니다.)

포스팅을 진행할 주제와 맞는 아이템을 선정하여 나의 쿠팡 파트너스 링크를 만들고 블로그 포스팅에 포함시키면 완료입니다.

2. 구글 애드센스

구글 애드센스는 쿠팡과 다르게 긴 승인 시간을 소요한다는 단점이 있습니다. 애드센스 승인을 위해 주의할 점을 다음과 같습니다.

1. 위 글쓰기 요소가 지켜진 포스팅을 오래 유지해야 한다는 점.
2. 다급하게 승인 신청을 넣는다면 그만큼 기간 손해를 더욱
   오래 보게 된다는 점.

절대 다급하게 애드센스 승인신청을 하지 않는 것이 좋습니다. 고품질의 포스팅이 쌓이고 방문자가 늘어나는 시점을 노리시는 것이 좋습니다. 제작한 블로그에 유입이 전자 많아진 나번 그 수익도 점차 늘어난다는 사실을 알아 두어야 합니다.

쿠팡 파트너스의 경우로 예시를 제시하겠습니다.

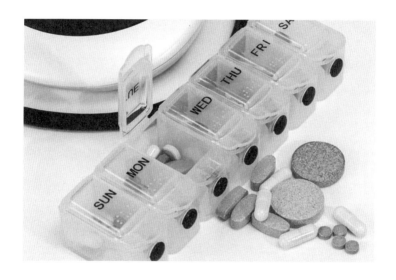

증상도 없이 위험한 고혈압, 혹시 나도?

고혈압의 원인

일명 '소리 없는 살인자'로 불리우는 고혈압의 원인은

다양하지만, 가장 큰 원인은 생활 습관과 식습관입니다.

불규칙적인 식습관과 운동부족, 스트레스를 동반하며

맵고 짠 고지방, 고나트륨의 식품 섭취는 결국 고혈압을

불러오게 됩니다.

위 예시처럼 글을 다듬고 Chat GPT를 통해 영문으로
변환한 뒤 'Writer' AI 콘텐츠 탐지기에 인식을 시켜보았습
니다. 결과는 다음과 같습니다.

Add a URL

https://

Add some text

The cause of high blood pressure, also known as the "silent killer," is diverse, but the biggest factors are lifestyle and dietary habits. Irregular eating habits, lack of exercise, and high levels of stress, combined with the consumption of high-calorie, high-fat, and high-sodium foods, ultimately lead to high blood pressure.

79%

HUMAN-GENERATED CONTENT

You should edit your text until there's less detectable AI content.

인간이 제작한 콘텐츠일 확률이 79%로 상당히 높은 지수를 보여줍니다. 처음 블로그를 시작하게 되면 글을 다듬는 것이 어렵게 느껴질 수도 있지만, 결국 하루 10분 정도의 투자로 매일 포스팅을 할 수 있는 능력이 생깁니다.

이렇게 글을 다듬는 작업을 마무리했다면 마지막 쿠팡 파트너스 링크와 함께 기입하고 포스팅하면 되는 것입니다. 단, 쿠팡링크는 이미지에 함께 첨부하고 하단에 경제적 이해관계 문구를 기입해주면 되는 것입니다.

이 포스팅은 쿠팡 파트너스 활동의 일환으로
이에 따른 일정액의 수수료를 제공받습니다.

위와 같은 형식으로 글을 마무리한 후 포스팅을 진행하면 되겠습니다. 동화책 판매와 마찬가지로 처음부터 수익이 바로 나는 일은 거의 없다는 사실을 인지하고 꾸준히 포스팅을 진행하길 바랍니다.

5

유튜브 숏츠를
이용한 수익화

이쯤이면 감을 잡은 분들이 많을 것이라 생각합니다. 유튜브 숏츠의 수익화 또한 쿠팡 파트너스를 이용하는 방법과 유튜브 채널의 조회수를 통한 수익화로 나눌 수 있습니다. 영상제작에 대한 지식이 없더라도 제작을 편하게 만들어주는 툴이 무료로 제공되고 있으니 이것 또한 충분히 가능할 것입니다. 바로 본론으로 들어가겠습니다.

Chat GPT 실전활용법

1. 제품 리뷰를 위한 유튜브 숏츠 채널

(쿠팡 파트너스에 적합)

먼저 접근이 쉬운 전자 제품을 짧게 리뷰하는 채널을 만든다고 가정하도록 하겠습니다. Chat GPT에게 역할을 부여하고 질문을 구체적으로 진행하는 과정은 생략하도록 하겠습니다.

> 좋은 모니터를 고르는 방법에 대해 함께 알아보려고 해요. 모니터를 고를 때에는 이 9가지 요소를 고려하면 도움이 됩니다.

첫째, 화면에 보이는 픽셀 수를 나타내는 '해상도'를 고려해봐요. 그리고 모니터의 '크기'도 중요한 요소 중 하나에요.

둘째, 모니터 패널의 유형에 따라 이미지의 품질이나 색상 표현력, 시야각 등이 달라질 수 있어요. 대표적인 패널 유형으로는 TN, IPS, VA 등이 있습니다.

셋째, 모니터의 '주사율'이라는 것도 중요해요. 주사율
이 높을수록 화면 전환이 더 부드러워시기 때문
입니다.

넷째, 모니터의 '응답 시간'도 고려해야 합니다. 게임
이나 영상 시청 등의 용도에 따라 응답 시간이
중요할 수 있어요.

다섯째, 모니터의 '밝기'도 중요한 요소 중 하나입니
다. 보통 $250cd/m^2$ 이상의 밝기가 좋아요.

여섯째, 모니터의 색상 표현력도 중요합니다. 적어도
sRGB 100% 이상의 색 표현력을 가진 모니터
를 선택하는 것이 좋아요.

일곱째, '커브드 디자인'을 가진 모니터도 좋은 선택
지가 될 수 있어요. 커브드 디자인은 사용자
의 시야에 대한 편의성을 높여주는 효과가 있
습니다.

여덟째, 모니터의 '입출력 포트'도 고려해야 합니다.
HDMI, DisplayPort, DVI 등의 포트가 있는

Chat GPT 실전활용법

모니터를 선택하는 것이 좋습니다.

아홉째, 마지막으로 모니터의 '가격'도 고려해야 합니다. 예산 내에서 가장 좋은 모니터를 선택하는 것이 가장 현명한 선택입니다.

이상으로, 모니터를 선택할 때 유용한 팁들을 알려드렸어요.

이전과 과정은 같습니다, 더욱 부드럽고 읽기스러운 표현으로 대본을 조금 수정하도록 하겠습니다.

수정본 :

모니터 고르는 꿀팁 9가지. 빠르게 알아보자.

하나, 화면에 보이는 픽셀 수를 나타내는 '해상도'를 고려하기.

둘, 모니터 패널의 유형에 따라 이미지의 품질이나 색상 표현력, 시야각 등이 달라진다.

셋, 모니터의 '주사율'이라는 것도 중요하다. 높으면 높을수록 좋다.

넷, 활용 용도에 따라 '응답시간'이 중요 빠르면 빠를수
록 좋다.

다섯, 디자인하는 사람은 적어도 sRGB 100% 이상의 색
표현력을 가진 모니터를 선택하는 것이 좋다

여섯, 250cd/m² 이상의 밝기가 좋다. 무조건 좋다.

일곱, '커브드 모니터'처럼 굴곡진 모니터도 때론 좋은
선택지가 된다. 시야 편의성이 좋다.

여덟, '입출력 포트'도 고려해라. HDMI, DisplayPort,
DVI 등의 포트가 있는 모니터를 선택해라. 근데
요즘은 다 있다.

아홉, 위 8개를 최대한 다 지키며 내 예산 내에서 가장 좋
은 모니터를 선택하는 것이 가장 현명한 선택이다.

이렇게 대본을 완성시켜 보았습니다. 바로 영상 제작
으로 넘어가보겠습니다.

이제 저희가 활용할 프로그램은 'Vrew'라는 무료 동영
상 제작 프로그램입니다. 간단한 회원가입을 통해 이용하
실 수 있으며, 우리는 AI 목소리로 영상을 제작할 것입니다.

1. 설치 후 가입을 완료하고 좌측 상단의 [새로 만들기] - [AI
   목소리로 시작하기]를 선택합니다.

2.좌측 상단 프로필 우측의 [파일]을 선택하여 [화면 비율]을

숏츠로 선택해줍니다.

3. [삽입]을 선택하여 내가 원하는 무료 이미지나 비디오를

찾아 선택합니다.

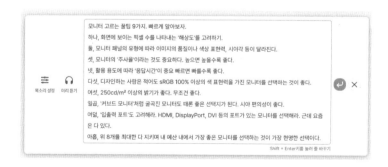

4. 그 다음 대본을 붙여 넣고 [목소리 설정]을 선택하여 원하
는 느낌의 목소리를 선택해줍니다.

5. 목소리를 선택하고 적용시키면 자동으로 자막을 나눠 적
용시켜줍니다. 그 다음 [서식]란을 눌러 자막의 위치와 크
기를 선택합니다. 준비된 영상을 재생하여 확인하고 수정
할 부분은 수정하면 되겠습니다.

6. 우측 상단의 내보내기를 눌러 [영상 파일(mp4)]를 선택
하여 영상을 내보내면 영상제작이 쉽게 완성되었습니다.

'Vrew'내에 존재하는 무료 AI음성 서비스와 이미지,
비디오 등이 있지만 영상 퀄리티를 위해 [타입캐스트]를
결제하여 사용하거나 직접 무료, 유료 이미지와 비디오를
적용시켜 제작하게 된다면 채널 성장에 더 큰 도움을 줄
수 있습니다.

이제 앞서 언급했던 쿠팡 파트너스의 사용 법을 그대

로 진행하시면 되겠습니다. 유튜브 숏츠의 경우 영상 업로드 문구에 홍보할 모니터의 링크와 함께 경제적 이해관계 문구를 함께 작성하여 업로드하시면 되겠습니다.

이를 응용하여 단순히 콘텐츠를 제공하는 숏츠 채널도 함께 운영할 수 있겠습니다. 단, 일반적인 채널을 운영하게 된다면 수익이 바로 발생하는 것이 아닌 채널의 성장과 함께 수익이 점차 올라가는 방식으로 주로 유명인들이 명언이나 동기부여에 관련된 영상 등 한 번 채널을 구독하면 이탈이 적은 주제를 채널의 콘텐츠로 정하는 것이 가장 중요합니다.

Chat GPT를 사용하여 YouTube 콘텐츠를 만들려면 구체적인 질문을 통해 관련 결과를 얻어야 합니다. 예를 들어 동기부여 채널을 만든다고 가정을 해보겠습니다.

유명한 인물의 인용문이나 명언을 요청하여 유튜브 콘텐츠를 만드는 데 사용할 수 있는 아이디어를 만들어낼 수 있습니다. 또 Chat GPT 결과를 수정 및 편집하면 콘텐츠를 개인화하고 더 매력적으로 만드는 데 도움이 될 수 있습니다.

먼저 유명인물의 명언을 요청해보도록 하겠습니다.

> GPT 일론 머스크의 명언 30가지를 뽑아줘.

> 물론입니다. 다음은 GPT-3에서 생성한 Elon Musk의 인용문 30개입니다.

○ "평범한 사람이 비범함을 선택하는 것은 가능하다고 생각합니다."

○ "첫 번째 단계는 무언가가 가능하다는 것을 확립하는 것입니다. 그러면 확률이 발생할 것입니다."

○ "상황이 더 나쁠 것이라고 기대하는 미래가 아니라 상황이 나아질 것으로 기대하는 미래를 원합니다."

○ "피드백 루프를 갖는 것이 매우 중요하다고 생각합니다. 여기에서 여러분이 한 일과 더 잘할 수 있는 방법에 대해 끊임없이 생각하고 있습니다."

○ "회사를 만들려고 한다면 케이크를 굽는 것과 같습니다. 모든 재료를 적절한 비율로 갖추어야 합니다."

○ "저는 당신이 매력적인 제품을 가지고 있고 사람들이 그것에 대해 기꺼이 프리미엄을 지불한다면 많은 잠재력이 있다고 생각합니다."

○ "그것이 가장 좋은 조언이라고 생각합니다. 일을 더 잘할 수 있는 방법에 대해 끊임없이 생각하고 자신에게 질문하십시오."

○ "나는 회사를 만들기 위해 회사를 만드는 것이 아니라 일을 끝내기 위해 회사를 만든다."

○ "가장 좋은 조언이라고 생각합니다. 일을 더 잘할 수 있는
   방법에 대해 끊임없이 생각하고 자신에게 질문하십시오."

○ "나는 회사를 만들기 위해 회사를 만드는 것이 아니라 일을
   끝내기 위해 회사를 만든다."

○ "사람들은 목표가 무엇인지, 왜 그런지 알 때 일을 더 잘합
   니다. 사람들이 아침에 출근하는 것을 기대하고 일하는 것
   을 즐기는 것이 중요합니다."

○ "뭔가가 충분히 중요할 때는 불리한 상황에도 한다."

○ "훌륭한 회사는 훌륭한 제품을 기반으로 합니다."

○ "피드백 루프를 갖는 것이 매우 중요하다고 생각합니다.
   여기에서 여러분이 한 일과 더 잘할 수 있는 방법에 대해 끊
   임없이 생각하고 있습니다."

○ "위험을 감수하는 것에 대한 엄청난 편견이 있습니다. 모
   두가 자신의 엉덩이 가리기를 최적화하려고 합니다."

○ "그 바구니에 무슨 일이 일어나는지 통제할 수 있다면 계란
   을 한 바구니에 담아도 괜찮습니다."

○ "첫 번째 단계는 무언가가 가능하다는 것을 확립하는 것입
   니다. 그러면 확률이 발생할 것입니다."

○ "피드백 루프를 갖는 것이 매우 중요하다고 생각합니다.

여기에서 당신이 한 일과 더 잘할 수 있는 방법에 대해 끊임없이 생각하고 있습니다."

○ "나는 과정을 믿지 않는다. 사실 내가 잠재적인 직원을 인터뷰했을 때 그가 '모든 것은 과정에 관한 것'이라고 말하는 것을 나쁜 징조로 본다."

○ "회사를 매각할 계획을 세우는 것은 좋은 생각이 아니라고 생각합니다."

○ "벤처 자본을 유치하는 가장 좋은 방법은 제품이나 서비스가 무엇이든 시연을 시도하고 이상적으로는 가능한 한 그것을 취하는 것이라고 생각합니다."

○ "사업을 시작하는 것은 모든 사람을 위한 것은 아닙니다. 사업을 시작하는 것 – 첫 번째는 높은 고통 역치를 갖는 것이라고 말하고 싶습니다."

○ "우리는 의식의 빛이 미래에도 계속되도록 유지해야 할 의무가 있다고 생각합니다."

○ "무언가 충분히 중요하다면 시도해야 한다. 설령 그렇다 하더라도 결과는 실패일 것이다."

○ "그냥 다르다고 해서 다르게 해서는 안 됩니다. 더…더 좋아져야 합니다."

○ "뭔가가 충분히 중요할 때, 확률이 좋지 않더라도 그것을 한다."

○ "지식을 일종의 시맨틱 트리로 보는 것이 중요합니다. 나 뭇잎-세부 사항에 도달하기 전에 기본 원칙, 즉 줄기와 큰 가지를 이해했는지 확인하십시오. 그렇지 않으면 매달릴 것이 없습니다. "

○ "항상 낙관적이지만 현실적입니다."

○ "다르다고 해서 다르게 해서는 안 된다.

○ "꾸준함이 매우 중요하다. 포기하지 않는 이상 포기하면 안 된다."

○ "할 가치가 있는 일은 세상에 대한 우리의 이해를 향상시키고 우주에 대한 더 나은 이해를 얻고 의미가 없다는 것에 대해 너무 걱정하지 않는 것입니다. , 신문에서 읽은 내용에도 불구하고 인생은 꽤 좋습니다."

○ "저는 하이 컨셉에 대해 거만하게 생각하지 않고 엔지니어링 및 제조 문제를 해결하는 데 시간을 보냅니다."

○ "나는 화성에서 죽고 싶다. 다만 충돌하지 않을 뿐이다."

○ "CEO 사무실로 가는 길은 CFO 사무실을 통해서도 안 되고, 마케팅 부서를 통해서도 안 된다. 엔지니어링과 디자인

을 통해서 가야 한다."

두 번째는 나온 답변을 추리는 작업을 하도록 하겠습니다.

네가 말한 34가지 질문중에 비슷한 의미가

담긴 문구를 15가지로 줄여줘.

나는 당신이 "당신이 제공한 34개의 따옴표 중 비슷한 의미를 가진 구절을 15개로 줄이십시오"를 의미했다고 생각합니다. 다음은 GPT-3에서 유사한 의미로 생성된 Elon Musk의 인용문 15개입니다.

○ "첫 번째 단계는 무언가가 가능하다는 것을 확립하는 것입니다. 그러면 확률이 발생할 것입니다."

○ "피드백 루프를 갖는 것이 매우 중요하다고 생각합니다.

즉, 자신이 한 일과 더 잘할 수 있는 방법에 대해 끊임없이
생각하는 것입니다."

○ "뭔가가 충분히 중요할 때는 불리한 상황에도 한다."

○ "항상 낙관적이지만 현실적입니다."

○ "훌륭한 회사는 훌륭한 제품을 기반으로 합니다."

○ "나는 회사를 만들기 위해 회사를 만드는 것이 아니라 일을
끝내기 위해 회사를 만든다."

○ "충분히 중요한 것이 있다면 시도해야 한다. 설령 그렇다
하더라도 결과는 실패일 것이다."

○ "그 바구니에 무슨 일이 일어나는지 통제할 수 있다면 계란
을 한 바구니에 담아도 괜찮습니다."

○ "당신은 상황이 더 나쁠 것이라고 기대하는 미래가 아니라
상황이 나아질 것이라고 기대하는 미래를 원합니다."

○ "평범한 사람이 비범함을 선택하는 것은 가능하다고 생각
합니다."

○ "꾸준함이 매우 중요하다. 억지로 포기하지 않는 이상 포
기하면 안 된다."

○ "가치 있는 일은 세상에 대한 우리의 이해를 향상시키고 우
주에 대한 더 나은 이해를 얻고 의미가 없다는 것에 대해 너

무 걱정하지 않는 것입니다."

○ "사업을 시작하는 것은 모든 사람을 위한 것은 아닙니다. 사업을 시작하는 것 – 첫 번째는 높은 고통 역치를 갖는 것 이라고 말하고 싶습니다."

○ "회사를 만들려고 한다면 케이크를 굽는 것과 같다. 모든 재료를 적절한 비율로 갖추어야 한다."

○ "CEO 사무실로 가는 길은 CFO 사무실을 통해서도 안 되고, 마케팅 부서를 통해서도 안 된다. 엔지니어링과 디자인 을 놓해서 가야 한다."

15개로 잘 추려준 것을 확인할 수 있습니다. 이제 콘텐츠의 제목을 설정해보도록 하겠습니다.

GTP 15가지로 줄여준 문구들을 분석해서

콘텐츠의 제목을 추천해줘.

GPT-3에서 생성된 Elon Musk의 15개 인용문을 기반으로 콘텐츠가 기업가 정신, 혁신, 끈기 및 낙관주의 주제에 집중될 수 있을 것 같습니다. 몇 가지 가능한 제목 권장 사항은 다음과 같습니다.

○ "기업가의 사고방식: Elon Musk의 교훈"

○ "더 나은 미래를 위한 혁신: Elon Musk의 통찰력"

○ "포기하지 말라: 지속성과 회복력에 대한 엘론 머스크의
　　　조언"

○ "도전에 직면한 낙관주의: Elon Musk의 지혜"

○ "훌륭한 기업 구축: 엘론 머스크의 성공 공식"

　　Chat GPT가 정해준 제목 중 "'포기하지 말라: 지속성과 회복력에 대한 엘론 머스크의 조언"을 기준으로 잡고 조금 더 디테일한 질문을 해보도록 하겠습니다.

GPT 제목은 3번으로 하고 15가지 내용을

더 간결하고 쉽게 줄여줘.

제목: "포기하지 마십시오: 지속성에 대한 Elon Musk의 조언"

"포기하지 마십시오:

지속성에 대한 Elon Musk의 조언"

성공의 가능성을 믿으십시오

"첫 번째 단계는 무언가가 가능하다는 것을 확립하는 것입니다. 그러면 확률이 발생할 것입니다."

지속적으로 개선하기 위해 노력합니다

"피드백 루프를 갖는 것이 매우 중요하다고 생각합니다. 여기에서 여러분이 한 일과 더 잘할 수 있는 방법에 대해 끊임없이 생각합니다."

중요한 것을 위해 위험을 감수하라

"무언가가 충분히 중요할 때, 확률이 좋지 않더라도 그 것을 한다."

낙관주의와 현실주의 유지

"나는 항상 낙관주의를 가지고 있지만 현실적입니다."

성공을 위한 훌륭한 제품 구축

"훌륭한 회사는 훌륭한 제품 위에 세워집니다."

이익 이상의 목적을 가져라

"나는 회사를 만들기 위해 회사를 만드는 것이 아니라 일을 끝내기 위해 회사를 만듭니다."

여정의 일부로 실패를 받아들이세요.

기꺼이 노력에 집중하십시오.

더 나은 미래를 시각화하십시오.

자신의 잠재력을 믿으십시오.

"평범한 사람이 비범함을 선택하는 것이 가능하다고 생각합니다."

끈기가 핵심이다
"끈기가 매우 중요하다. 억지로 포기하지 않는 이상 포기하면 안 된다."

세상을 이해하는 데 집중하라
"가치 있는 일은 세상에 대한 우리의 이해를 향상시키고 우주에 대한 더 나은 이해를 얻고 의미가 없다는 것에 대해 너무 걱정하지 않는 것입니다."

사업을 시작하려면 높은 고통에 내성이 필요합니다.

성공을 위한 재료의 균형
"회사를 만들려고 한다면 케이크를 굽는 것과 같습니다. 모든 재료를 적절한 비율로 갖추어야 합니다."

엔지니어링과 디자인을 우선시하라

"CEO 사무실로 가는 길은 CFO 사무실을 통해서도 안 되고, 마케딩 부서를 통해서도 안 된다. 엔지니어링과 디자인을 통해서가 되어야 한다."

이렇게 우리는 간단하고 쉽게 자기계발 콘텐츠의 원고를 뽑아낸 것입니다. 원고를 유튜브 숏츠나 인스타그램 릴스로 활용하기 위해서는 앞의 방법을 활용하면 됩니다.

6

Chat GPT 수익화를 마무리하며

    Chat GPT를 활용하여 수익화하는 방법에 대해 알아보았습니다. 하지만 가장 중요한 점은 이 책을 읽은 독자가 어떻게 응용하느냐에 따라 각자의 수익이 달라진다는 것입니다. Chat GPT가 모든 일을 대신 처리해주는 만능 AI서비스가 아닙니다. 결국 인간 개개인의 능력이 들어가야 하며, 또한 사회는 Chat GPT에 대한 대처 방안을 빠르게 강구하고 있습니다. Chat GPT의 올바른 접근은 혼자서 자료를 찾고 정리하며 아이디어와 창의력을 발휘하는 시간을 대폭 줄여줄 수 있는 유능한 비서이자 나의 직원일 뿐입니다.

　Chat GPT를 활용해 수익을 창출하고자 한다면 먼저 자신이 어떤 분야에서 더 잘 활용할 수 있는지 생각 해보길 바랍니다. 예를 들어 글쓰기, 번역, 문서 작성, 콘텐츠 제작 등 다양한 분야 다양한 카테고리에 Chat GPT를 접목시켜 활용할 수 있습니다. Chat GPT가 제공하는 자동화된 작업을 활용하여 생산성을 높이고 추가적인 수익을 창출할 수 있기를 바랍니다.

　결국 가장 중요한 것은 꾸준함과 성실함 그리고 나만의 창의적인 아이디어와 자신만의 노하우를 결합시켜 나만의 콘텐츠를 만들어내는 것입니다. Chat GPT는 언제나 필요에 의해 만들어진 도구일 뿐이며, 결국 인간의 공감능력과 창의력 감정의 영역은 따라올 수 없습니다.

　올바른 Chat GPT 활용을 통해 나만의 수익 파이프를 구축하시길 바랍니다.

Chat GPT
및 수익 창출의
미래

1

Chat GPT
수익 창출을 둘러싼
잠재적인 윤리적 문제

모든 새로운 기술과 마찬가지로 Chat GPT는 특히 수익 창출과 관련하여 윤리적 문제를 제기할 가능성이 있습니다. 다음은 수익 창출을 위해 Chat GPT를 사용할 때 고려해야 할 몇 가지 잠재적인 윤리적 문제입니다.

표절

Chat GPT를 사용하여 콘텐츠를 생성하면 표절에 대한 의문이 제기됩니다. Chat GPT는 아이디어와 영감을 생성하는 데 유용한 도구일 수 있지만 생성된 콘텐츠가 원본이고 다른 소스에서 복사되지 않았는지 확인하는 것이 중요합니다.

정확도 및 편향

Chat GPT는 학습된 데이터만큼 정확하고 편향되지 않습니다. 특히 학습 데이터 자체가 제한되거나 편향된 경우 Chat GPT의 응답에 부정확성이나 편향이 포함될 위험이 있습니다. 따라서 Chat GPT에서 생성된 모든 콘텐츠를 신중하게 평가하고 사실 확인하는 것이 중요합니다.

지적 재산권

또 다른 윤리적 문제는 Chat GPT를 사용하여 생성된 콘텐츠의 소유권 및 사용입니다. Chat GPT에서 생성된 콘텐츠가 지적 재산권을 침해하거나 저작권법을 위반하지 않는지 확인하는 것이 중요합니다.

개인정보 보호

Chat GPT를 사용하면 개인정보 보호에 대한 우려도 제기됩니다. Chat GPT 교육에 사용되는 데이터에는 개인 정보가 포함될 수 있으며 수익 창출을 위해 Chat GPT를 사용하면 이 데이터를 무단으로 사용하거나 공유할 위험 이 있습니다.

투명성

콘텐츠 제작 및 수익 창출에서 Chat GPT 사용에 대해 투명해야 합니다. 여기에는 생성된 모든 콘텐츠에서 Chat GPT 사용을 공개하고 생성에 사용된 소스 및 방법에 대한 명확한 정보를 제공하는 것이 포함됩니다.

이는 수익 창출을 위해 Chat GPT를 사용하는 것과 관련된 잠재적인 윤리적 문제 중 일부에 불과합니다. 새로운 기술과 마찬가지로 이러한 문제를 신중하게 고려하고 Chat GPT가 윤리적이고 책임감 있는 방식으로 사용되도록 조치를 취하는 것이 중요합니다. 그렇게 함으로써 Chat GPT가 수익 창출의 세계에서 혁신과 창의성을 위한 긍정적인 힘이 되도록 할 수 있습니다.

2

수익 창출을 위해 Chat GPT를 사용할 때의 한계 및 단점

Chat GPT는 흥미로운 수익 창출 가능성을 제공하지만 이 기술을 사용하는 데에는 한계와 단점도 있습니다.

품질 관리

Chat GPT로 생성된 콘텐츠는 알고리즘과 기계 학습에 의존하여 결과를 생성하므로 항상 최고 품질이 아닐 수 있습니다. 이는 부정확하거나 불완전하거나 부적절한 콘텐츠를 제작하여 창작자의 평판을 손상시킬 수 있음을 의미합니다.

개인적인 접촉 부족

Chat GPT로 생성된 콘텐츠는 인간이 생성한 콘텐츠의 개인적인 접촉과 창의성이 부족하여 독자나 시청자의 참여도와 흥미를 떨어뜨릴 수 있습니다. 이로 인해 참여도와 수익이 감소할 수 있습니다.

기술에 대한 의존성

Chat GPT로 수익을 창출한다는 것은 기술에 크게 의존하는 것을 의미하며, 기술이 실패하거나 시스템에 중단이 있는 경우 문제가 될 수 있습니다. 이로 인해 수익 손실이 발생하고 비즈니스 수익에 영향을 미칠 수 있습니다.

제한된 사용자 지정

채팅 GPT 생성 콘텐츠는 미리 결정된 프롬프트 및 알고리즘을 기반으로 하므로 사용자 지정 및 개인화 측면에서 제한될 수 있습니다. 이로 인해 청중의 공감을 얻지 못할 수 있는 일반적이고 반복적인 콘텐츠가 생성될 수 있습니다.

윤리적 고려 사항

Chat GPT로 수익을 창출할 때 편향되거나 차별적인 콘텐츠의 가능성, 지적 재산권 및 표절 문제와 같은 윤리적 고려 사항이 있습니다.

수익 창출을 위해 Chat GPT를 사용할 때 이러한 제한과 단점을 염두에 두고 잠재적인 부정적인 영향을 완화하기 위한 조치를 취하는 것이 중요합니다. 여기에는 품질 관리 보장, Chat GPT에서 생성한 콘텐츠와 사람이 생성한 콘텐츠의 균형 유지, 윤리적 고려 사항에 유의하는 것이 포함될 수 있습니다.

3

Chat GPT의
편견 해결

    Chat GPT에 대한 일반적인 편견 중 하나는 인간의 창의성과 노동력을 대체하여 실직과 인간 지능의 평가 절하로 이어질 것이라는 두려움입니다. 또 다른 우려는 AI 기술이 편견을 포함할 수 있는 기존 데이터 세트에 대해 훈련되기 때문에 사회에서 편견과 차별을 영속화할 수 있다는 것입니다.

    이러한 편견을 해결하려면 Chat GPT를 대체하는 것이 아니라 인간의 창의성과 생산성을 향상시키는 데 있어 Chat GPT의 잠재적 이점을 이해하는 것이 중요합니다. 예를 들어 Chat GPT를 사용하여 창의적인 프로젝트에 내한 아이디어와 영감을 생성하고 최종 제품과 창의적인 결정은 사람에게 맡길 수 있습니다.

Chat GPT의 편견을 해결하려면 AI 교육에 사용되는 데이터 세트가 다양하고 대표적이며 편견이 없는지 확인하는 것이 중요합니다. 편향이나 부정확성에 대해 AI의 출력을 지속적으로 모니터링 및 평가하고 이를 수정하기 위한 조치를 취하는 것도 중요합니다.

또한 Chat GPT의 투명성과 윤리적 사용을 촉진하면 신뢰를 구축하고 기술에 대한 문제를 해결하는 데 도움이 될 수 있습니다. 여기에는 AI가 작동하는 방식과 사용되는 데이터에 대한 명확한 설명을 제공하고 잠재적인 편향이나 한계에 대해 개방적이고 책임을 지는 것이 포함될 수 있습니다.

전반적으로 Chat GPT의 책임감 있고 윤리적인 사용을 장려함으로써 우리는 편견과 우려를 해소하고 이 강력한 기술이 인간의 창의성과 생산성을 대체하는 것이 아니라 향상시키는 데 사용되도록 할 수 있습니다.

Chat GPT
수익 창출의
윤리 및 한계

1

수익 창출을 위한
Chat GPT 기술의
현재 연구 개발

    수익 창출을 위한 Chat GPT 기술의 현재 연구 및 개발은 빠르게 발전하고 있으며 많은 유망한 개발이 진행되고 있습니다.

    주요 초점 영역 중 하나는 특히 틈새 영역 및 산업에서 Chat GPT 응답의 정확성과 관련성을 개선하는 것입니다. 여기에는 특정 주제와 도메인의 뉘앙스를 더 잘 이해하기 위해 언어 모델과 학습 데이터를 미세 조정하는 작업이 포함됩니다.

또 다른 연구 영역은 대화형 내러티브 및 몰입형 경험과 같은 새로운 유형의 콘텐츠를 생성할 수 있는 Chat GPT의 잠재력을 탐색하는 것입니다. 연구원들은 Chat GPT를 가상 현실 및 증강 현실과 같은 다른 기술과 결합하여 참신하고 매력적인 방식으로 콘텐츠를 수익화할 수 있는 새로운 가능성을 모색하고 있습니다.

또한 개인화를 위해 Chat GPT를 사용하여 선호도와 관심사에 따라 개별 사용자에게 콘텐츠를 맞춤화하는 데 관심이 높아지고 있습니다. 이를 통해 보다 효과적인 광고 타겟팅과 청중과의 더 큰 참여로 이어질 수 있습니다.

또한 수익 창출을 위해 보다 윤리적이고 투명한 Chat GPT 모델을 만들려는 노력이 있습니다. 여기에는 편견을 해결하고 기술이 유해한 고정관념이나 차별적 관행을 영속화하는 데 사용되지 않도록 하는 것이 포함됩니다.

전반적으로 수익 창출을 위한 Chat GPT 기술의 현재 연구 개발은 흥미롭고 잠재력이 가득합니다. 기술이 계속해서 개선되고 발전함에 따라 Chat GPT를 사용하여 콘텐츠로 수익을 창출하는 훨씬 더 혁신적이고 효과적인 방법을 기대할 수 있습니다.

2

수익 창출을 위한
Chat GPT의
잠재적 발전 및 적용

Chat GPT는 엄청난 수익 창출 잠재력을 가지고 있으며 그 애플리케이션은 계속해서 확장되고 있습니다. 다음은 수익 창출을 위한 Chat GPT의 몇 가지 잠재적 개발 및 적용 사례입니다.

콘텐츠 생성 자동화

Chat GPT를 사용하면 콘텐츠 생성을 자동화하여 기업과 개인이 시간과 리소스를 절약할 수 있습니다. 이는 소셜 미디어 게시물, 이메일 뉴스레터, 심지어 책과 같은 다양한 콘텐츠 형식에 적용될 수 있습니다.

개인화된 마케팅

Chat GPT는 방대한 양의 데이터를 분석하여 기업을 위한 개인화된 마케팅 전략을 수립할 수 있습니다. 소비자의 개별 관심사와 선호도에 호소하는 맞춤형 제품 추천 및 타겟 광고를 생성하는 데 사용할 수 있습니다.

챗봇 및 고객 서비스

Chat GPT는 일반적인 질문에 답하고 개인화된 지원을 제공하는 고객 서비스용 지능형 챗봇을 만드는 데에도 사용할 수 있습니다. 이를 통해 기업은 시간과 자원을 절약하는 동시에 고객 만족도를 높일 수 있습니다.

언어 번역

채팅 GPT는 다른 언어를 사용하는 사람들 사이에 보다 정확하고 효율적인 커뮤니케이션을 가능하게 하여 언어 번역에 혁명을 일으킬 수 있는 잠재력을 가지고 있습니다. 이것은 국제 비즈니스에서 온라인 언어 학습에 이르기까지 다양한 산업에 적용될 수 있습니다.

창의적인 글쓰기 및 스토리텔링

Chat GPT는 작가와 스토리텔러가 작업에 대한 새롭고 혁신적인 아이디어를 생성하는 데 도움이 될 뿐만 아니라 글쓰기 프로세스 자체를 지원할 수 있습니다. 플롯 포인트, 캐릭터 이름 및 전체 스토리 라인을 생성하는 데 사용할 수 있습니다.

Chat GPT가 계속 발전하고 개선됨에 따라 수익 창출의 가능성은 무한합니다. 혁신적인 방식으로 기술을 활용함으로써 기업과 개인은 수익을 창출하고 전반적인 운영을 개선할 수 있는 잠재력을 활용할 수 있습니다. 단, Chat GPT에 과도하게 의존하거나 무작정 신뢰하는 것은 바르지 않다는 것을 알아야 할 필요가 있습니다. Chat GPT를 통해 나의 아이디어와 영감에 날개를 달아주는 동반자로서 활용한다면 우리는 크게 성장할 것입니다.

3

Chat GPT가
미래의 수익 창출 및
콘텐츠 제작에
미치는 영향

Chat GPT는 미래의 수익 창출 및 콘텐츠 제작을 혁신할 수 있는 잠재력을 가지고 있습니다. AI 기술이 계속 발전함에 따라 Chat GPT는 더욱 정교해지고 더 높은 품질의 콘텐츠를 생성할 수 있게 될 것입니다. 이는 인간 콘텐츠 제작자의 필요성을 줄이고 AI 기반 콘텐츠 산업으로의 전환으로 이어질 수 있습니다.

또한 Chat GPT는 콘텐츠 제작의 효율성과 생산성을 높일 수 있는 잠재력이 있습니다. 고품질 콘텐츠를 빠르고 효율적으로 생성할 수 있는 기능을 통해 콘텐츠 제작자는 마케팅 및 프로모션과 같은 비즈니스의 다른 측면에 집중할 수 있습니다.

그러나 Chat GPT가 고용 시장에 미치는 영향과 콘텐츠 제작의 창의성과 독창성이 손실될 가능성에 대한 우려도 있습니다. 콘텐츠 제작자와 업계 전체가 AI 사용과 인간의 창의성 및 혁신 간의 균형을 맞추는 것이 중요합니다.

전반적으로 Chat GPT는 수익 창출 및 콘텐츠 제작의 미래에 상당한 영향을 미칠 가능성이 있습니다 기술이 계속 발전하고 AI가 더욱 정교해짐에 따라 Chat GPT 및 기타 AI 도구가 콘텐츠 산업에 어떻게 통합되고 콘텐츠 제작의 미래를 형성하는지 보는 것은 흥미로울 것입니다.

마치며

 이 책이 ChatGPT의 잠재력과 이를 활용하여 돈을 버는 방법을 이해하는 데 도움이 되는 자료가 되었기를 바랍니다. ChatGPT를 이용해 수익을 얻기 위해 활용할 수 있는 방법을 핵심만 다루었습니다.

 기업가, 마케터 또는 단순히 새로운 생계 수단을 찾는 사람이든 ChatGPT는 무한한 수익 창출 기회를 제공합니다. 비즈니스용 툴을 개발하거나, 언어 모델을 생성 및 판매하거나, ChatGPT를 사용하여 반복 작업을 자동화하고 효율성을 높이거나, 그 가능성은 정말 무한합니다.

ChatGPT를 사용할 때 창의적이고 고정관념을 깨는 생각을 하길 권장합니다. 기술은 끊임없이 발전하고 있으며 수익 창출을 위한 새로운 기회가 계속해서 생길 것입니다. 따라서 눈과 귀를 열고 새로운 개발을 활용할 준비를 하시길 바랍니다.

마지막으로, ChatGPT로 돈을 버는 것은 단순히 금전적 이득이 아니라는 점을 알려드리고 싶습니다. 다른 사람들에게 가치를 제공하고 문제를 해결하는 것에 관한 것입니다. 사람, 기업, 조직을 돕게 만들어 세상에 긍정적인 영향을 미치고 변화를 가져올 수 있습니다.

ChatGPT로 성공하시길 바랍니다. 이 놀라운 기술로 많은 수익을 창출하는 과정에서 최선을 다하길 응원합니다. 꼭 원하는 재정적 자유와 성취감을 얻을 수 있기를 바랍니다.

챗 GPT 실전활용서
ⓒ임현수

초판 1쇄	2023년 4월 10일

지은이	임현수
디자인	홍성권
펴낸곳	하이스트 출판사
출판등록	2021년 5월 21일 제2021-000019호
이메일	highest@highestbooks.com

ISBN	979-11-976476-8-0